Marin-pêcheur

Marin-pêcheur

Préface de Patrick POIVRE d'ARVOR

Photographies de Jean-Pierre DUVAL
Illustrations de Michel SZLAZAK
Textes sous la direction de Lucile MALOT
Marie Vanhamme, Hubert Carré, Georges Tourret, Bernard Berrou, Laure Martin

Romain Pages Éditions
Membre du Cluster Maritime Français

SOMMAIRE

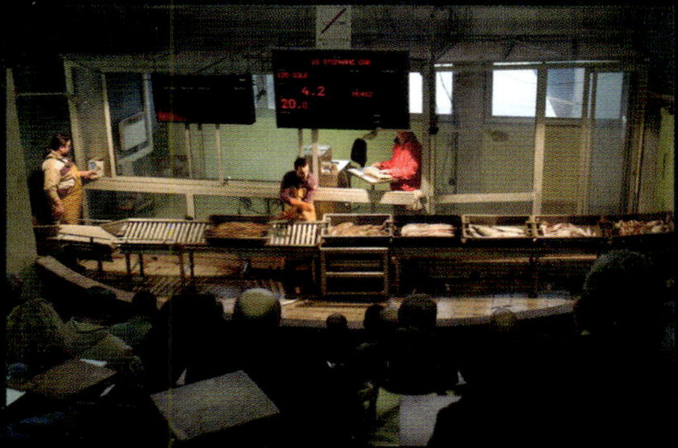

Techniques de pêche

Textes thématiques

VANT-PROPOS

Une autre vie

Je suis comme beaucoup d'entre vous, lecteurs, issu du même genre de moule. Mon existence est un alliage de régularité et de sécurité dans le travail, de salaire garanti, de vie familiale bien réglée et de week-ends reposants.

Mais il en va autrement en mer lorsqu'il s'agit de capturer le poisson... Imaginez... Imaginez la vie de ces hommes, et des quelques femmes qui partagent avec eux ce métier, le métier le plus dangereux de France. Ils travaillent dans le froid de l'hiver, avec ses embruns glacés portés par le vent. Sur le pont de jour comme de nuit, ils dorment quand la Pêche le veut bien et, si le poisson est là, ils seront là aussi samedi et dimanche. Toujours avec les dangers de la fatigue, des manœuvres et de la mer. Quant au salaire, rien n'est sûr. Selon un principe fondateur de la profession, le pêcheur est rémunéré à la part, en fonction du volume pêché. C'est un moteur certain pour motiver l'équipage, mais aussi la principale faiblesse du système... En effet, la raréfaction du poisson est une épée de Damoclès pour tous et les règles de pêche s'en trouvent d'autant plus compliquées. Vous avez maintenant un rapide aperçu de la condition sociale du marin-pêcheur et de sa vie quotidienne.

Et pourtant. Je me souviens d'un pêcheur breton, qui m'accueillit à 4 heures, un matin d'hiver, en éructant : « Tu vas voir, c'est vraiment un foutu boulot ! Y'en a marre ! » Je me suis dit alors : « Mais pourquoi pratique-t-il ce métier d'un autre temps ? » Et puis, au fil de la journée, après un café dans un bol lavé en hâte à l'eau de mer, je lui posai la question : « Et en vacances, où vas-tu ? » Je lus dans son regard qu'il n'avait pas compris le sens de ma question, ou plutôt, qu'elle n'avait pas de sens... Il me répondit :
« À la mer, pourquoi ? Tu n'imagines tout de même pas que je pourrais aller à la montagne ou en plaine !
– Tu ne pêches pas quand même ?!
– Tu plaisantes ou quoi ? Du matin au soir, je pêche avec mon fils ! »
Et là, j'avais la réponse à mon interrogation : si les marins-pêcheurs sont prêts à tant de sacrifices et d'efforts, affrontent tant de risques, c'est qu'ils ont ce métier dans la peau, et croyez-moi, ils n'y peuvent rien, c'est plus violent encore que d'être passionné.

Fermez les yeux pour imaginer tout cela, puis ouvrez-les grand pour feuilleter ces pages... Elles mettent en lumière une multitude de visages rencontrés de janvier 2007 à juin 2008 sous les cieux de la Méditerranée, de l'Atlantique, des mers du Nord et d'Islande. Explorez bien les gestes et les regards, vous y trouverez mille choses, mais avant tout de la noblesse.

Jean-Pierre DUVAL, photographe.

PRÉFACE
de Patrick POIVRE D'ARVOR

RESPECT

Le plus beau métier du monde ? C'est souvent le sien : médecin, écrivain, journaliste... J'ai voulu être tout cela à la fois. Et je l'ai souvent dit avec fierté aux différents âges de mon enfance. Mais dans un coin de ma tête, il y avait aussi cette idée que je n'osais développer de peur de me faire rabrouer : devenir marin-pêcheur.

Ce furent sans doute Pierre Loti et Herman Melville qui m'ouvrirent les premiers à la pêche hauturière. J'ai beaucoup rêvé en leur compagnie, beaucoup bourlingué aussi. *Pêcheur d'Islande* et *Moby Dick* devraient faire partie de la poignée de livres que tout enfant doit lire avant de devenir adulte. Ajoutons Hemingway et son *Vieil homme et la mer*. Trois livres qui sentent le poisson et le vent du large. Mais aujourd'hui, il semble que leur pouvoir attractif s'étiole. Et le métier de marin-pêcheur qui, autrefois, se transmettait de génération en génération, fait moins recette. Puisse ce livre magnifique lui redonner ses lettres de noblesse.

Bon vent à tous. Et bonne mer.

CM 185160

Tout un symbole

Laissé à l'abandon, ce vieux bateau de pêche termine sa vie. L'image est assez révélatrice de la mutation actuelle du monde de la pêche. Alors que le port de Camaret-sur-Mer comptait pendant longtemps plusieurs centaines de chaloupes, seuls vingt-trois navires de pêche y déchargent aujourd'hui leur capture de façon régulière. La flotte française en général a fortement diminué ces dernières décennies : de 16 000 bateaux au lendemain de la Seconde Guerre mondiale, on est passé à 5 400 en 2004. De même, les effectifs ont chuté : on comptait environ 50 000 marins-pêcheurs en 1954 contre 20 200 cinquante ans plus tard. Inversement, la production a fortement augmenté. Cependant, l'attrait pour la mer ne faiblit pas ; la plaisance est en plein essor… on aperçoit au loin les nombreux mâts des bateaux de loisir.

Gilles Kerdoncuff, patron de l'*Albatros*

Ancien chef d'atelier dans l'agroalimentaire, il s'est converti à la pêche à la palangre à 39 ans.

DOUARNENEZ

C'était un marin, mais aussi c'était un errant, alors que la plupart des marins mènent, pour ainsi dire, une vie sédentaire. Leur esprit est d'espèce casanière, et ils portent toujours leur foyer avec eux – le navire ; et de même leur pays – la mer. Un navire est à peu près comme un autre, et la mer est toujours la même.
Joseph Conrad, *Au cœur des ténèbres*, 1899.

Douarnenez est une large baie abritée des vents, ce qui présente l'avantage certain de permettre aux marins-pêcheurs de sortir, même par gros temps. Ici, c'est la sardine qui est reine. Elle y a élu domicile avant même les Romains ! Ceux-ci préparaient le *garum*, le nuoc-mâm de l'époque. C'est ainsi que la sardine a créé le port, et les marins.
Port atlantique, Douarnenez a été construit pour les petites pêches vivrières et la pêche à la sardine à bord des fameuses chaloupes. La chaloupe (*Ar vag*) présente un arrière pointu et porte deux mâts dont le plus petit se trouve sur l'avant, avec voiles au tiers (en forme de trapèze) misaine (à l'avant) et taillevent (au centre). À la fin du XIXe siècle, la flottille sardinière est impressionnante et compte des centaines de chaloupes.
Pourtant, la sardine n'a pas toujours été présente et les pêcheurs ont dû changer d'activité à plusieurs reprises. Ils ont alors embarqué sur des navires plus grands pour pêcher la langouste en Mauritanie et au Brésil, le thon dans les Açores à bord des dundées et des malamoks, et au chalut vers l'Écosse. Le port sardinier s'ouvrit dans les années 20 aux pêches saisonnières, avec le maquereau de dérive notamment. Puis, dans les années 50, les grands langoustiers prirent le large pour pêcher les crustacés… Le port de Douarnenez a ainsi tenu bon, malgré les difficultés, grâce à ses capacités d'adaptation.
Quelques conserveries de sardines sont, elles, toujours restées (les plus connues sont Connétable et Petit Navire), car la sardine est également importée et Douarnenez a toujours développé son port de commerce comme activité complémentaire. Situé en eau profonde, le port de Rosmeur permet aux cargos frigorifiques d'accoster et de livrer directement leurs poissons surgelés.
Autrefois, la pêche tenait une telle place que ville et port se confondaient. Les façades des maisons étaient garnies de filets, et les voiles séchaient dans les bois alentours. La population navigante rythmait la vie de la cité. Aujourd'hui, Douarnenez ne compte plus que vingt-quatre navires côtiers employant environ cinquante marins-pêcheurs.
Le port-musée raconte les cultures maritimes en Bretagne et dans le monde entier. Il se veut une « approche globale des bateaux et des hommes » car tous les objets qui touchent de près ou de loin les marins-pêcheurs sont conviés à témoigner. Les deux cents bateaux et les cinq mille objets révèlent des identités territoriales et une certaine vision de l'environnement maritime et de la ressource halieutique. Le but du musée est de montrer l'évolution de ces pratiques au cours des siècles, mais aussi les différences selon les parties du globe.

Jean-Floc'h, le dauphin
Le ligneur de bar croise régulièrement le célèbre dauphin.

Bombard

◂ L'*Albatros* polyvalent
La technique de la palangre à bar se pratique surtout au printemps et en été. Le reste du temps, Gilles pêche la praire et la coquille Saint-Jacques à la drague.

GILLES KERDONCUFF SUR L'*ALBATROS*

Gilles Kerdoncuff a 44 ans. Il a commencé à pêcher tardivement, à 39 ans seulement, car il travaillait auparavant dans l'agroalimentaire. Reconversion donc... Effectivement, son premier métier, chef d'atelier à la laiterie Bel à Vendôme ne le prédestinait pas forcément à la mer. Mais sa formation (DUT Industries agroalimentaires et Capacitaire à la pêche) l'a peu à peu amené à se passionner pour le monde de la pêche. C'est un licenciement qui le décide à changer radicalement de mode de travail pour privilégier son indépendance. Un an matelot sur un dragueur d'amandes, il s'est rapidement mis à son compte en achetant l'*Albatros*.
Gilles Kerdoncuff partage son année en deux saisons : six mois d'octobre à mars en rade de Brest pour pêcher la coquille Saint-Jacques et les praires, six mois d'avril à septembre en baie de Douarnenez en tant que ligneur de bar (palangre). Il remarque : « Les deux "métiers" que je pratique actuellement sont intéressants bien que très différents. J'apprécie la diversité. »
Gilles Kerdoncuff n'est pas issu d'une famille de pêcheurs. Son enfance a cependant été bercée par les bords de mer, entre Méditerranée, Bretagne et Tahiti. Son père a travaillé dans le pétrole offshore, puis à l'Ifremer : le roulis des vagues l'a toujours accompagné. Habitant aujourd'hui tout près de Douarnenez, il est encore trop tôt pour dire si ses enfants de 10 et 13 ans marcheront dans ses pas...
À l'origine destiné à la pêche aux casiers et au filet, l'*Albatros* a aujourd'hui 23 ans et s'est donc lui aussi reconverti en dragueur palangrier. Gilles Kerdoncuff en est très satisfait. Après deux années à pêcher en duo, il travaille seul. De ce fait, Il pense souvent aux risques liés au métier, car les conséquences prennent vite de l'ampleur. Il effectue environ deux cents sorties par an et gagne environ 1 500 € par mois.
Gilles Kerdoncuff n'est guère optimiste pour l'avenir. Il pense que le secteur est en crise et en déclin depuis longtemps, et il ne voit que peu de signes encourageants. Quant à la gestion de la ressource, il juge la prise de conscience tardive, parfois exemplaire comme en rade de Brest, parfois inadaptée et caricaturale... Comme pour beaucoup de métiers, il estime que l'on doit s'attendre à de profonds changements pour la profession de marin-pêcheur. Gilles pense qu'il pourrait faire un autre métier – d'ailleurs, il est déjà passé par d'autres professions – mais ce n'est pas au programme pour le moment.
Quand on lui demande ce qui lui plaît dans son métier, Gilles répond sans hésiter l'indépendance. Viennent ensuite la grande diversité, l'environnement et la vérité...

➤ Un petit chalut
Gilles pêche les petits poissons qui serviront d'appâts pour la palangre. Il manœuvre le chalut à l'aide d'un treuil.

➤ Virage (page de droite, en haut)
Le chalut remonte, plein des futurs appâts.

➤ Des lançons frais
Gilles trie les petits poissons. Ces lançons serviront à escher les hameçons de la palangre.

CCI QUIMPER

CCI. QUIMPER

Sélection

Les espèces pêchées dépendent du choix des appâts et de la taille des hameçons. Gilles pêche également des daurades grises en eschant des amandes de mer.

⮝ Filage

Gilles met à l'eau ses lignes munies d'avançons. Elles comportent chacune entre trente-cinq et quarante hameçons appâtés, espacés de 5 mètres les uns des autres. Gilles en file dix à la fois, deux fois par jour, ce qui représente huit cents hameçons quotidiens !

LA PALANGRE

Avec la ligne de traîne, la palangre est une des techniques les plus anciennes et les plus simples. Aussi appelée corde, elle comporte une ligne principale (mère ou maîtresse) sur laquelle est attachée toute une série d'avançons, c'est-à-dire de lignes munies d'hameçons. La palangre utilisée sur l'*Albatros* mesure 200 mètres. Elle est installée (on dit qu'elle est calée) par deux ancres et deux bouées équipées de fanions en surface.
Quand il s'agit d'une palangre flottante, la ligne maîtresse est munie de flotteurs afin qu'elle se maintienne entre deux eaux. Quant à la palangre de fond, la ligne principale est lestée et repose sur le fond. La palangre à bar de Gilles Kerdoncuff est de ce type, mais elle est parfois semi-flottante : les hameçons sont alors maintenus à quelques mètres du fond par des flotteurs (voir schéma).
L'*Albatros* se transforme en chalutier le temps de pêcher les petits poissons pélagiques qui garniront les hameçons. Certains palangriers (aussi appelés cordiers) utilisent à grande profondeur des bâtons lumineux pour éclairer les appâts.
Gilles Kerdoncuff met à l'eau sa palangre sur une zone de passage, en garnissant les hameçons au fur et à mesure : on dit qu'il les esche. Il laisse ensuite filer la palangre une heure environ, trois heures maximum, pour garder le bar bien frais. La série de flotteurs lui permet ensuite de retrouver les lignes et de les relever.
Si Gilles Kerdoncuff capture uniquement des bars, la technique qu'il utilise permet de pêcher toutes sortes de poissons pélagiques : congre, lieu jaune, lingue, requin, raie. Elle est surtout utilisée au-dessus de fonds durs et rocheux et dans les baies côtières, comme c'est le cas à Douarnenez.

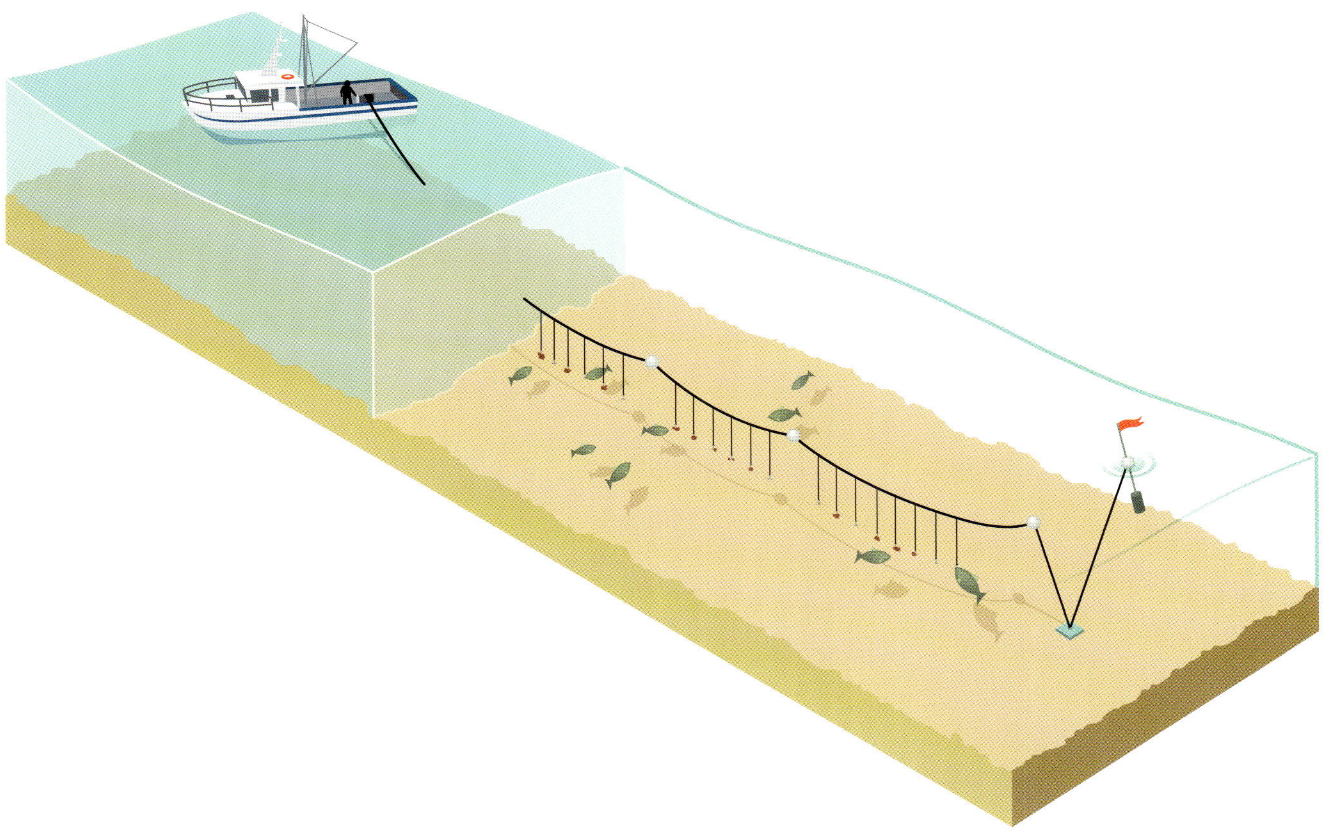

L'épuisette

Gilles Kerdoncuff s'aide de cet outil pour terminer la prise et remonter à bord les bars qui ont mordu.

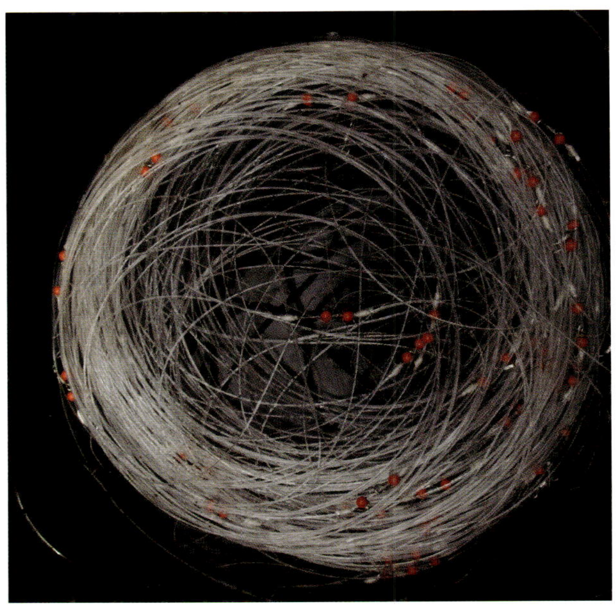

▲ Les hameçons
Gilles Kerdoncuff esche ses hameçons.

➤ La palangre

« Les premiers hommes vivaient de chasse, de cueillette et de pêche. » Dès la Préhistoire, la pêche est une ressource partagée. Harpons en os ou en bois de rennes, datant de plus de 60 000 ans avant notre ère, en témoignent. L'invention du bateau remonte, elle, au Néolithique. L'utilisation de la force du vent pour le déplacement des bateaux date de 3 000 avant Jésus-Christ. Le poisson, capturé aux harpons, lignes et hameçons, constitue la principale nourriture des Égyptiens qui sont passés maîtres dans la construction des voiliers. Les Crétois sont habiles à la pêche à l'épervier. Grecs et Phéniciens utilisent les nasses en osiers et manient la madrague lors de la migration des thons. Le filet est connu de toutes les cultures méditerranéennes. Les divinités marines disent l'importance accordée par les Romains à cet élément. Disposant de nombreuses techniques de pêche (lignes, filets, sennes, éperviers, filets maillants à ralingue, engins traînants) pratiqués depuis les barques, ils sont aussi friands d'huîtres et de crustacés. Les dauphins (du grec *delphis*, « la mer ») sont vénérés car ils aident les marins dans leur pêche et on leur attribue de nombreux sauvetages. La Gaule, pays de pêcheurs, devient rapidement le plus grand fournisseur de poisson de l'Empire romain.

À la différence du commerce maritime, la pêche reste jusqu'au XIXe siècle une activité essentiellement côtière, utilisant des bateaux de petite taille. La boussole, venue de Chine, remplace au Moyen Âge la navigation astronomique. Les patrons pêcheurs, propriétaires de bateaux à voile s'acquittent, auprès des seigneurs laïques ou religieux, de droits de pêche qui se maintiendront jusqu'à la Révolution. Des associations, composées d'un prêteur et d'un exploitant ou d'un regroupement de petits pêcheurs qui partagent alors les gains, permettent l'acquisition onéreuse d'un bateau ou d'une barque. Au XVe siècle, les prud'homies de pêcheurs, qui veillent au respect des usages et coutumes, apparaissent dans le droit français et constituent une spécificité de la côte méditerranéenne. La chasse à la baleine s'affirme comme une spécialité française depuis le IXe siècle. À son déclin, sept siècles plus tard, succède l'âge d'or de la pêche à la sardine, tandis que celle à la morue au large de Terre-Neuve bat son plein. Les pêches lointaines se développent durant la Renaissance, et aux côtés des petites embarcations se constitue une grande flotte de goélettes – vaisseaux à deux mâts – tandis que la palangre, invention française et la senne coulissante, conçue par les Américains, s'ajoutent à l'emploi des filets maillants. Dès la fin du XVIIe siècle, des ordonnances royales réglementent l'exercice de la pêche afin de protéger la ressource (interdiction de pêche du frai et des moules, de battre l'eau, restriction de l'usage des filets traînants...). L'intervention croissante de l'État se confirme dans le courant du XIXe siècle (décret-loi du 9 janvier 1852), tandis que plusieurs discours scientifiques militent déjà pour la protection de la ressource. Le bateau à vapeur (1818) va s'accompagner d'une série de nouvelles techniques : coque métallique, hélices, nouvelle génération de chaluts de fond à panneaux divergents. Après la Seconde Guerre mondiale, la motorisation au diesel qui concerne déjà certains chaluts depuis 1930 va se généraliser. Accroissant considérablement la puissance et l'autonomie des engins, elle va aussi favoriser leur polyvalence en autorisant la modification des formes de la coque, l'usage de treuils et autres appareils mécaniques auxiliaires. Autant de progrès techniques qui, dès 1950, ont placé la pêche dans un fonctionnement industriel répondant à une logique productiviste dont a résulté la surexploitation du capital halieutique. Face à cette réalité, associée à la modification du droit international de la mer, la pêche industrielle semble trouver une alternative dans les accords bilatéraux avec les pays en voie de développement, incluant l'exploitation de leurs stocks. Parallèlement, la confrontation à l'épuisement des ressources halieutiques a suscité des recherches sur le lien entre ressource et technologie qui tendent aujourd'hui à limiter l'impact de la pêche et qui contribuent aux efforts d'aménagement plus rationnels des pêcheries. La loi du 18 novembre 1997 d'orientation sur la pêche maritime et les cultures marines affirme le rôle directeur de l'État dans la répartition des autorisations de pêche et des quotas de capture et incite par différentes mesures à une modernisation des entreprises de pêche et du statut social des marins.

➤ Label de Bretagne

Matérialisé sous la forme d'une étiquette, il est un gage de qualité et fait considérablement augmenter le prix du poisson. Le bar de ligne atteint les 16 € le kilogramme (plus il est gros, plus son prix au kilogramme est élevé), alors qu'un bar pêché au chalut n'en vaut que la moitié. Gilles a également pêché des rougets grondins et des daurades.

Retour au port

La baie de Douarnenez prend des aspects fantastiques à mesure que les nuages se forment et se déforment devant le soleil...

Pêche au homard

Édouard Ansquer est une figure locale. Marin-pêcheur à la retraite, il a commencé à pêcher le maquereau sur l'île de Sein dès l'âge de 13 ans, grâce à une dérogation. Aujourd'hui, à plus de 80 ans, il continue de pêcher le homard quasiment tous les jours, pour son plaisir.

Les Coopératives maritimes étaploises (CME)

Une très forte solidarité lie depuis longtemps les marins-pêcheurs de la Côte d'Opale. Nées en 1958, les CME ont pour but de renforcer la pêche artisanale régionale. Les navires qui y adhèrent, comme ceux des frères Ramet, bénéficient de nombreuses aides : comptabilité, matériel, vente des pêches...

BOULOGNE-SUR-MER

...le pilot, consyderant les voltigemens du peneau sus la pouppe, et prevoiant un tyrannicque grain et fortunal nouveau, commenda tous estre à l'herte tant nauchiers, fadrins et mousses que nous aultres voyagiers ; feist mettre voiles bas, mejane, contremejane, triou, maistralle, epagon, civadiere ; feist caller les boulingues, trinquet de prore et trinquet de gabie, descendre le grand artemon, et de toutes les antemnes ne rester que les grizelles et courtières.
François Rabelais, *Quart Livre*, chap. XVIII – *Comment Pantagruel evada une forte tempeste en mer*, 1548.

Premier port de pêche en France aussi bien en valeur qu'en quantité, Boulogne-sur-Mer a pu se développer grâce à une situation géographique particulièrement privilégiée, à l'embouchure de la Liane, sur la Manche. À l'immédiate proximité du détroit maritime le plus fréquenté au monde, le Pas-de-Calais, il est également à la jonction de la mer du Nord.
Ses activités sont multiples. Outre la pêche, Boulogne-sur-Mer est un port de commerce performant, un port de plaisance en plein essor et abrite des chantiers navals. C'est un port incontournable entre le nord et le sud de l'Europe.
Il est un des derniers ports français à posséder une flotte de pêche hauturière (ou industrielle) importante, dominée par l'armement d'Euronor. S'ils dépendent de Boulogne, ces navires sont rarement rassemblés en même temps dans le port. En effet, les débarquements se font souvent sur des bases avancées, notamment en Écosse, afin de rester au plus près des lieux de pêche.
Le port de Boulogne est le premier centre européen de transformation, de commercialisation et de distribution des produits de la mer. Chaque année, 50 000 tonnes sont débarquées par les chalutiers et les fileyeurs et 250 000 tonnes sont importées du monde entier, tout particulièrement de l'Europe du Nord. Les deux cents entreprises de transformation, de commercialisation et de distribution des produits de la mer implantées à Boulogne-sur-Mer manutentionnent plus de 300 000 tonnes de produits frais, surgelés, salés, séchés, fumés, en conserves ou sous forme de produits élaborés. La sole constitue la première vente de la criée (en valeur).
Cette ville de la Côte d'Opale est tout en relief. Sa partie haute offre des points de vue magnifiques sur toute la cité. Entourée de remparts, elle est située à l'emplacement de l'ancien camp fortifié romain. La mémoire des équipages des bateaux disparus en mer est célébrée par le calvaire des Marins. La chapelle est ainsi le point de départ d'une grande procession qui rejoint la cathédrale chaque dernier dimanche d'août.
Boulogne-sur-Mer héberge enfin Nausicaä, le centre national de la mer. De culture scientifique et technique, il est consacré à la relation que l'Homme entretient avec la Mer et il est destiné au grand public. Aquariums, expositions sur la faune maritime, l'exploitation et la gestion des ressources marines (pêche, aquaculture, aménagement du littoral, transport maritime, exploitation des ressources minérales et énergétiques, tourisme...) sensibilisent chacun sur la nécessité d'une bonne gestion des ressources halieutiques.

GLORIEUSE IMMACULE
BOULOGNE ETAPLES

◄ La *Glorieuse Vierge Marie* et la *Glorieuse Immaculée*
(ci-contre et double page suivante)
Ces deux chalutiers pratiquent la pêche en bœufs, c'est-à-dire qu'ils naviguent côte à côte afin de traîner le chalut entre deux eaux. La photo est prise depuis le bœuf.

GLORIEUSE IMMACULEE
BOULOGNE ETAPLES

À 36 ans, Pierre Ramet a déjà passé plus de la moitié de sa vie à pêcher. Après une école de mousses à 17 ans, il devient matelot, mécanicien, puis second et enfin patron. Sa première expérience en mer a été à bord du bateau de son père. Une fois aux commandes de son propre navire, qu'il a construit lui-même en 2006, il se spécialise dans la pêche en bœufs au chalut pélagique. Il a pratiqué également le chalut de fond, le pélagique à quatre panneaux mais la pêche en bœufs est de loin celle qu'il préfère : « C'est un métier passionnant, comparable à un chasseur qui recherche son gibier. Les connaissances des appareils acoustiques sont primordiales. »
Les Ramet sont marins-pêcheurs de père en fils depuis trois générations. La pêche est donc ici une affaire de famille, d'ailleurs Pierre Ramet dirige les deux embarcations nécessaires à la pêche en bœufs avec son frère. Il a toujours vécu à Étaples-sur-Mer car le port d'attache du chalutier de son père était déjà Boulogne-sur-Mer. Marié et père de trois enfants, il ne connaît pas encore l'orientation que vont prendre ses enfants âgés de 4 à 12 ans.
Pierre Ramet sort environ quatre mille cinq cents heures par an. Son équipage est composé d'un second mécanicien, de trois matelots et d'un mousse. Il est pleinement satisfait de son navire, à la fois confortable, robuste en mer et bien conçu pour le chalut pélagique avec lequel il pêche harengs, maquereaux, daurades et bars. Quant aux risques liés à la mer, il n'y pense pas trop : « Les règles de sécurité sont en nous. Le tout est de ne pas tomber dans le piège des habitudes », précise-t-il.
« Comment avez-vous choisi d'être marin-pêcheur ?
– Je n'ai pas choisi, c'est venu naturellement. J'adore ce travail.
– Pourriez-vous faire un autre métier ?
– Il n'est même pas question d'y penser... »
En effet, à la question de savoir ce qui lui plaît dans le métier, Pierre Ramet s'exclame tout de go : « C'est ma passion, c'est la liberté, le grand large, la joie que procure un bon coup de chalut, l'esprit de compétition ! Il faut toujours être au top et se remettre en question. »
Pourtant, à part le confort des bateaux, Pierre Ramet ne voit pas beaucoup d'évolutions positives dans sa carrière. Il dénonce le manque de quotas sur les maquereaux et les harengs, le « mille-feuille » de règles incompréhensibles et contradictoires qu'il doit appliquer, le prix du gasoil qui plombe ses résultats, et le prix du poisson qui est resté quasi inchangé depuis ses débuts...
« Et la gestion de la ressource aujourd'hui ?
– Sans commentaire... Bientôt, il y aura trop de poissons et plus personne pour le pêcher. L'espèce à protéger en mer, c'est le marin. » Du coup, Pierre Ramet essaye de ne pas trop penser à l'avenir du métier, il préfère profiter du temps présent...

Boules de chalut

Les grosses bouées orange attachées aux funes (câbles d'acier) sont des flotteurs, appelés boules de chalut. Elles permettent à l'engin de pêche de se maintenir ouvert verticalement. Leur couleur vive aide également l'équipage à mieux localiser la traîne du chalut.

Le veau se rapproche du bœuf

Les funes sont récupérées par le veau après le départ en mer afin de filer le chalut. Elles seront rendues au bœuf au moment du virage. Ces opérations délicates nécessitent que les deux navires soient très proches.

➤ Le navire bœuf

Il compte neuf marins à son bord tandis que le veau n'en a que trois. En effet, le chalut est remonté sur le bœuf, ce qui exige une main-d'œuvre plus importante.

▲ Premier virage
Pour pêcher les petits poissons pélagiques comme le maquereau et le chinchard, les frères Ramet utilisent un maillage fin (40 millimètres). Le bar et la daurade ont quant à eux besoin d'une jauge plus grande, de 80 millimètres.

LA PÊCHE EN BŒUFS

La pêche en bœufs est une technique utilisée pour tracter un chalut pélagique, appelé ainsi car il est traîné en pleine eau. Le principe de ce chalut est le même que celui du chalut de fond mais ses dimensions sont beaucoup plus importantes. C'est pourquoi il est généralement remorqué par deux chalutiers côtiers pêchant en bœufs, c'est-à-dire écartés l'un de l'autre pour ouvrir le filet horizontalement.
Ce type de pêche est principalement utilisé à La Turballe pour pêcher l'anchois, le bar et le thon. Les frères Ramet la pratiquent aussi à Boulogne-sur-Mer depuis des générations. La *Glorieuse Vierge Marie* est le navire maître qui ramène le chalut à son bord, on l'appelle le bœuf. La *Glorieuse Immaculée*, le deuxième navire, aide simplement à tirer le chalut et à le maintenir ouvert, c'est le veau.
Le chalut pélagique peut aussi être tiré par un seul bateau, avec des panneaux divergents, comme pour le chalut de fond (voir page 67). Dans ce cas, les panneaux permettent de garder le chalut entre deux eaux, et non de le traîner sur le fond.
Le chalut pélagique capture donc des espèces pélagiques : le maquereau, le chinchard et la daurade en été, le hareng à l'automne et le bar en hiver.

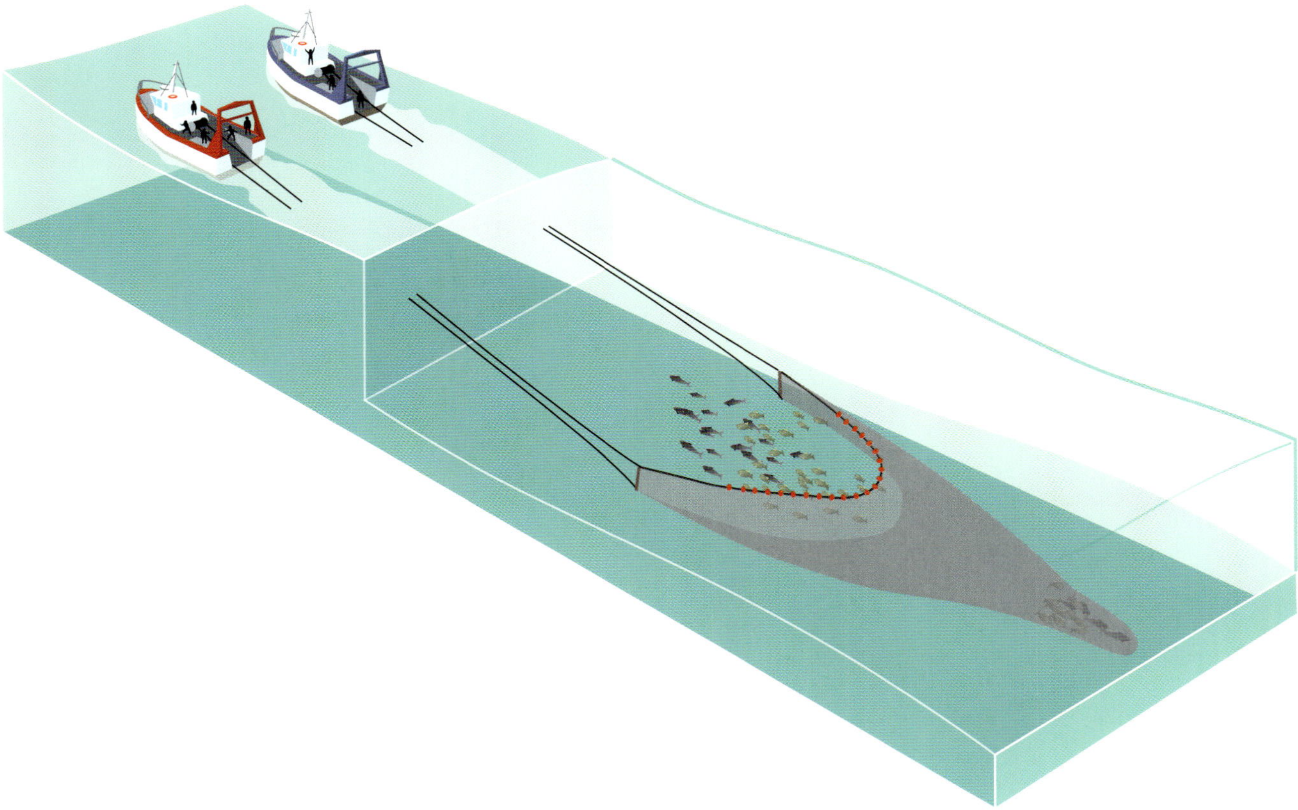

MARIN-PECHEUR, UNE PROFESSION STRUCTURÉE

Comme toutes les professions, le métier de marin-pêcheur se divise en de multiples compétences auxquelles correspondent des formations, des niveaux de qualification, des fonctions : patron, second, mécanicien, matelot...

Ces formations sont dispensées dans les Lycées professionnels maritimes répartis le long du littoral, à l'École de la marine marchande de Nantes et dans des centres agréés par le ministère chargé de la mer. Elles confèrent des prérogatives nécessaires pour embarquer sur un navire de pêche en fonction du type de pêche pratiqué : la grande pêche qui se situe en haute mer avec des sorties en mer supérieures à vingt jours, la pêche au large ou pêche hauturière dont les marées varient de quatre à dix jours, la pêche côtière (marée de un à quatre jours) et la petite pêche (sorties de moins de vingt-quatre heures).

La petite pêche et la pêche côtière concernent des bateaux de 6 à 18 mètres. Le capitaine peut être seul à bord ou employer un équipage de deux à cinq hommes. La pêche au large ou hauturière est pratiquée par des bateaux de 24 à 50 mètres, avec un équipage de dix à vingt hommes. Enfin les navires de la grande pêche atteignant 110 mètres de long peuvent compter une soixantaine d'hommes à leur bord.

Il convient de faire une différence entre la pêche artisanale et la pêche industrielle.

La pêche artisanale, qui représente 80 % des entreprises de pêche et près de la moitié des emplois, est essentiellement côtière, et dans une moindre mesure hauturière. L'artisan pêcheur, toujours embarqué (c'est-à-dire qu'il est à bord de son navire et qu'il pêche lui-même), peut être propriétaire d'un ou deux bateaux. Un patron pêcheur peut de surcroît louer un bateau supplémentaire et embaucher un équipage pour l'exploiter (il n'est alors pas présent sur le bateau), ou l'affréter et en confier l'exploitation à un capitaine de pêche. La pêche à pied entre aussi dans ce secteur. Exercée sur le rivage, sans embarcation, elle consiste dans le ramassage de coquillages (notamment les bivalves tels que palourdes, coques et tellines) et crustacés. La rémunération s'effectue « à la part », selon les responsabilités à bord (voir « De la mer à l'assiette, le circuit du poisson » page 78 et glossaire). La loi incite aujourd'hui les entreprises de pêche individuelles à se constituer en société de personne ou SARL (société à responsabilité limitée). Elles gardent ainsi le statut de pêche artisanale et cela permet de préserver le patrimoine personnel de l'artisan en cas de faillite.

Les gros navires effectuant la pêche au large, grande pêche et pêche des espèces d'eaux profondes, souvent appelés pêche industrielle, sont armés (matériel nécessaire, vivres, combustibles) par des entreprises d'armements (propriétaire ou non du navire), parfois sous un autre pavillon que celui de la France. Le propriétaire n'est donc pas embarqué. Le maître ou capitaine de pêche est chargé du commandement de l'équipement et du plan de pêche. L'équipage peut être rémunéré à la part ou être salarié avec parfois un intéressement au résultat.

Repérage
De nuit, les bancs de poissons sont repérés à l'aide d'un sondeur.

◄ Transfert du poisson

La capture est déversée directement sur le pont arrière au moyen d'un portique qui soulève et vide la poche du chalut. Un tapis roulant permet ensuite de transférer le poisson vers la cale pour que l'équipage puisse effectuer le tri.

Dans la salle de tri

Le tri s'effectue dans la cale du bateau. Des machines récupèrent les poissons au sortir du tapis roulant. Munies de barres espacées, elles retiennent ceux de même taille et laissent les plus petits tomber dans une caisse, c'est le calibrage du poisson.

Quelques heures de repos

Les marins profitent des moments de creux pour dormir un peu ou se retrouver dans le carré pour discuter, visionner un film ou se restaurer. Ils mènent donc une vie un peu décousue, mais les navires des frères Ramet sont récents et leur confort est apprécié de tous.

L'ORGANISATION PROFESSIONNELLE DES PÊCHES EN FRANCE

L'organisation professionnelle des pêches en France est complexe en raison de la multitude de ses acteurs : pêcheurs, criées, mareyeurs, transformateurs, transporteurs, grossistes, poissonniers... Aussi, le secteur doit être compris en tant que filière « accompagnant » le poisson, de la mer jusqu'à l'étal de la poissonnerie.
Outre le fait que chaque secteur soit représenté par une entité professionnelle qui lui est propre (exemple : pour le mareyage par l'Union du mareyage français ou pour une partie des transformateurs par le Syndicat des fabricants de produits surgelés), deux structures permettent la rencontre et l'échange entre les différents acteurs de la filière.

Une organisation interprofessionnelle des pêches maritimes et des élevages marins, née à la fin des années 30, aujourd'hui régie par la loi de 1991 qui regroupe les différentes composantes de la filière autour de trois principes : adhésion obligatoire, parité de représentation dans chaque collège entre employeurs et salariés, élection des représentants de la production au niveau local.

Le Comité national des pêches maritimes et des élevages marins (CNPMEM) en est l'échelon national. Il regroupe tous les professionnels des pêches et des élevages marins, de la production à la transformation. Interlocuteur des pouvoirs publics et des élus, il est composé d'élus professionnels et de représentants syndicaux issus des différents types de pêche (petite pêche, pêche côtière, pêche au large, grande pêche). S'appuyant sur un réseau (treize comités régionaux et trente-neuf comités locaux des pêches maritimes et des élevages marins) le long du littoral (métropolitain et outre-mer), il assure la représentation et la défense des intérêts des professionnels et participe à l'élaboration de la réglementation des pêches.
Il convient de remarquer que le paritarisme de cette organisation professionnelle repose sur le principe de la rémunération à la part selon lequel équipage et armateurs participent à l'expédition de pêche en contribuant aux frais communs (carburant, glace, matériel, nourriture...). Les pêcheurs sont représentés par des organisations syndicales qui défendent – c'est là encore une autre originalité du secteur de la pêche – autant les chefs d'entreprise que les matelots. Ainsi la CGT pêche défend les intérêts des chefs d'entreprise. Plus qu'une originalité, certains peuvent y voir un paradoxe... Mais comme le chante Jacques Brel : « Il y a deux sortes de gens. Il y a les vivants et ceux qui sont en mer. »
À côté des comités locaux et des comités régionaux, il y a le long du littoral les organisations de producteurs (OP). Elles ont été créées à l'initiative des professionnels pour résoudre des crises de production. La première a vu le jour en 1963 : le Fonds régional d'organisation du marché du Nord (From Nord) à Boulogne-sur-Mer. Initialement chargées de réguler le marché en améliorant les conditions de vente, par la mise en place de plans de capture, d'adaptation de l'offre, en assurant des prix minimum (en dérogeant légalement à l'interdiction des ententes par la fixation de prix de retrait), les OP ont vu, depuis la loi d'orientation pour la pêche de 1997, leurs prérogatives s'accroître avec la gestion des quotas pour le compte de leurs adhérents. Les OP sont regroupées en deux fédérations nationales : l'Association nationale des organisations de producteurs (ANOP) et la Fédération des organisations de producteurs de la pêche artisanale (FEDOPA).
Il convient de relever, qu'au contraire de l'adhésion obligatoire à l'organisation professionnelle (CNPMEM), l'adhésion est volontaire, expliquant ainsi qu'il y a des pêcheurs qui ne font pas partie des OP et sont seulement représentés par les comités locaux et régionaux dont ils dépendent.

En résumé, cohabitent un Comité national plus occupé par les problèmes de production, notamment en raison de la Politique commune de la pêche (PCP) dont les modalités liées à la gestion de la ressource sont de plus en plus drastiques, et le réseau des OP chargées des marchés, de la commercialisation de la production sous l'animation et le contrôle de l'Ofimer.

L'Ofimer est un établissement public, lieu de débat de la filière en ce qui concerne le marché des produits de la mer. Ses missions sont, pour le compte de l'Union européenne de contribuer à la stabilisation des marchés et au bon écoulement des produits sur les marchés, pour le compte du ministère de l'Agriculture et de la Pêche de gérer les outils d'orientation et des fonds de garantie, de connaître et d'observer les tendances du marché, de concourir à l'application des politiques publiques en ce qui concerne l'hygiène et la santé, l'information du consommateur, et enfin pour le compte des professionnels de conseiller, d'animer, d'expertiser et de lancer des études permettant la reconnaissance et la valorisation des produits de la mer.
À côté des OP, sont plus particulièrement présents à l'Ofimer, les mareyeurs, les transformateurs, les poissonniers.
Multitude des acteurs, pluralités des intérêts pour un secteur qui depuis quinze ans a vu ses flottilles diminuer en raison des plans de sortie de flotte successifs et assiste à la montée en puissance des mouvements environnementalistes. Dans une approche proactive, la profession a souhaité que soit engagé le chantier d'une réforme pour créer une véritable interprofession dans laquelle chacun gardant ses missions pourra toutefois élaborer une véritable stratégie dans le cadre d'une pêche responsable et d'un développement durable, tel que prônés par la FAO...

Hubert Carré
Directeur général du CNPMEM

La pêche de nuit

Le rendement est bien meilleur de nuit que de jour. Les marées se déroulent donc de 19 heures à 7 heures du matin en été, et sont plus longues en hiver.

➤ Débarquement

À 6 heures du matin, les deux bateaux arrivent enfin au port. L'équipage, cette fois en tenue civile, décharge les caisses de poissons calibrés et triés par espèce sur les quais de Boulogne-sur-Mer.

Après le tri

Les paniers contiennent la pêche du jour triée. La taille minimale de capture des langoustines est de 90 millimètres de longueur totale. Le rinçage s'effectue grâce à un tuyau d'eau de mer (la manche à eau).

PENMARC'H

Homme libre, toujours tu chériras la mer !
La mer est ton miroir; tu contemples ton âme
Dans le déroulement infini de sa lame,
Et ton esprit n'est pas un gouffre moins amer.
Charles Baudelaire, « L'homme et la mer », *Les Fleurs du mal*, 1857.

Penmarc'h se situe en Cornouaille, tout à côté du Guilvinec. Aussi appelé Saint-Guénolé, Penmarc'h s'est spécialisé dans la baudroie et la langoustine. Ses marins sont de sacrés navigateurs. Ils n'hésitent pas à faire le tour complet de l'Irlande pour rechercher la langoustine. Celle de la mer Celtique, plus grosse, se conserve glacée à bord des chalutiers hauturiers.

Mais Saint-Guénolé se distingue encore des autres ports bigoudens par sa flottille très diversifiée : chalutiers hauturiers de toute dernière génération, bolincheurs senneurs équipés des récentes technologies de conservation, ligneurs et fileyeurs pratiquants la pêche du jour, « petits bateaux »... Toute cette flottille approvisionne la criée d'une gamme très étendue de produits de la mer d'une fraîcheur irréprochable.

Dans la halle à marée, les arrivages de poissons frais font l'objet d'une vente aux enchères : la criée. Elle se tient à 6 h 30 le matin et à 16 heures pour la pêche côtière. Les crieurs vendent et présentent leurs lots aux différents mareyeurs qui achètent à main levée et font monter les enchères. Le plus offrant emporte les lots de poissons qu'il vient d'acquérir. En France, près de la moitié des criées disposent d'un système de vente aux enchères informatisé. À terme, toutes les transactions s'effectueront sur ordinateur, remplaçant ainsi les enchères à main levée.

Le Guilvinec, au sud de Penmarc'h, n'est à l'origine qu'un rocher sur la carte nommé *Ar Gelveneg*. En moins de deux cents ans, il est devenu l'un des tous premiers ports de France. Les améliorations de structure (quai, criée, terre-plein) sont très fréquentes et les navires sont eux aussi régulièrement rénovés sur la zone de l'élévateur. Dès l'aube, les chalutiers côtiers quittent le port. Seul un temps bien trop chaotique peut les convaincre de rester à quai. Ils rentrent dans la passe du port en fin d'après-midi et débarquent leur pêche pour la vente du soir. Les chalutiers hauturiers, eux, accostent plus tôt. Parmi les espèces qui font la notoriété du Guilvinec, on compte les langoustines vivantes, les baudroies (ou lottes), les rougets grondins et les saint-pierre.

Le Guilvinec possède également un lycée professionnel maritime et Haliotika, le centre de découverte et d'interprétation de la pêche en mer. Du haut du belvédère de la halle à marée, Haliotika a l'ambition de faire comprendre et aimer la mer, à travers son patrimoine économique et social, c'est-à-dire l'histoire des marins-pêcheurs.

L'activité du Guilvinec et le nombre impressionnant de ses bateaux pourraient faire penser que tout va pour le mieux au Pays Bigouden. Pourtant, les difficultés s'accumulent depuis quelques années, notamment à cause de la pêche au large, point d'équilibre des ports de Loctudy, Penmarc'h et Le Guilvinec, et première victime de la hausse du prix du carburant. En juillet 2007, un armateur bigouden perdait de 100 000 à 150 000 € par an sur une flottille de sept navires.

◄ Le port de Penmarc'h
4 heures du matin, en février... Les marins s'activent déjà sur les quais.

Le café du matin

Trois heures de navigation sont nécessaires pour atteindre le lieu du premier filage. Le temps pour Christian Argouarc'h de prendre son café.

Le *Cénacle* arrive sur son lieu de pêche

Le jour se lève. Jean-Jacques Gourlaouen, le patron, étudie les cartes de pêche sur écran. Au fil des années, les marins-pêcheurs enregistrent chacune de leurs marées sur ordinateur (indications de courants, profondeurs, nature des fonds...). Ils constituent petit à petit une base de données qui entrera dans l'estimation de leur armement lors d'une cession.

Jean-Jacques Gourlaouen, né en 1961, pêche depuis l'âge de 17 ans. Après un CAP général de fraiseur, il se décide à faire l'école d'apprentissage maritime de Concarneau et se spécialise comme motoriste de 750 chevaux. Il passe son capacitaire plus tard, en 1994.

Jean-Jacques Gourlaouen connaît, pour ainsi dire, toutes les techniques de pêche. Il débute sur un fileyeur pour pêcher le lieu et le merlu, puis pratique la palangre à congre, revient au filet, s'en va au large, revient sur un caseyeur et se spécialise enfin dans le chalut de fond. « Le chalut de fond est la technique que je préfère car il permet une vie plus régulière, qui sauvegarde les week-ends… À moins que le mauvais temps persiste pendant la semaine et que je sois obligé de ressortir ! J'aime aussi le filet et le casier à crabe. » Il travaille sur le *Cénacle* entre 1984 et 1991, puis dirige plusieurs bateaux avant d'acquérir le navire. Pays Bigouden oblige, il pêche avant tout des langoustines.

Marin-pêcheur de père en fils depuis au moins quatre générations, il a toujours vécu dans les environs de Penmarc'h. Il est aujourd'hui marié et père de quatre enfants. Ceux-ci ont pris d'autres voies que la pêche, malgré des essais en mer…

Le *Cénacle* a aujourd'hui 37 ans. Jean-Jacques Gourlaouen est très satisfait de sa tenue en mer et il est équipé de tous les éléments de sécurité nécessaires. Il effectue en moyenne cent quatre-vingt-dix sorties par an.

Jean-Jacques Gourlaouen a choisi d'être marin-pêcheur par passion et pour la liberté que permet le métier. Il avoue cependant penser souvent aux risques liés à sa profession.

Les changements intervenus au cours de sa carrière sont nombreux. Parmi les éléments positifs, la taille minimale de capture de la langoustine a augmenté (9 cm pour la petite et 12 cm pour la grosse langoustine), ce qui a permis de relever son prix minimum au kilo. Jean-Jacques Gourlaouen estime également que la gestion des ressources est très bien assurée par les organismes de production, grâce aux quotas et au système de maille carrée préservant les juvéniles. Par contre, le contrôle administratif trop régulier empiète sur la belle liberté qu'il embrassait au début de sa carrière. « Mais le gros problème des générations à venir est le prix du gasoil qui augmente sans arrêt », ajoute-t-il.

Pour finir, Jean-Jacques Gourlaouen dit qu'il n'aurait pas pu faire d'autre métier, ou alors il aurait fallu qu'il soit en rapport avec la mer et les voyages, marin de commerce par exemple…

Les jumelles
Elles font partie de l'équipement obligatoire du marin-pêcheur.

▲ Observer

La pêche à la langoustine est avant tout un métier d'observation et d'expérience, dans lequel les pêcheurs de Penmarc'h et du Guilvinec excellent. Le navire est entouré de goélands, attirés par l'odeur du poisson.

LE CHALUT DE FOND

Le chalut est un grand filet en forme d'entonnoir. Il en existe de toutes tailles : dans notre reportage, Jean-Jacques Gourlaouen, le patron du *Cénacle*, en utilise deux petits de 15,40 m adaptés à la pêche à la langoustine. Ils sont équipés d'une grille souple fixée sur le dessus du filet, qui permet aux juvéniles, les poissons trop jeunes, de s'échapper. Le chalut dispose en haut, sur son dos, d'une corde munie de flotteurs (en rouge sur le croquis). Le chalut de fond comporte également à l'opposé, sur son ventre, un bourrelet lesté de rouleaux qui permet de limiter les risques d'accrochage sur le fond rocheux. L'extrémité de l'entonnoir se nomme cul de chalut.
Le chalut est traîné par le navire (chalutier) à proximité du fond. Il y a alors trois manières de maintenir le chalut ouvert. Dans le cas du chalut de fond présenté ici, des panneaux divergents jouent ce rôle : deux plaques de bois ou de métal de 1,50 m fixées de part et d'autre du filet (voir schéma) l'écartent grâce à un effet hydrodynamique. Lorsque le bateau avance, la pression de l'eau abaisse le chalut. Chaque chalut est relié au navire par des funes de 16 millimètres de diamètre ; ce sont des câbles d'acier qui encadrent la gueule du filet (son ouverture) et soutiennent également les panneaux divergents.
Les deux autres façons de garder le chalut ouvert sont :
– grâce à une poutre (perche) fixée sur deux patins qui glissent sur le fond marin. Cette technique très ancienne sert à pêcher des poissons plats. Une seule fune suffit à le tirer.
– en reliant chaque fune à un bateau, c'est le cas le plus fréquent pour le chalut pélagique, c'est-à-dire traîné entre deux eaux. On parle alors de pêche en bœufs (voir page 45).

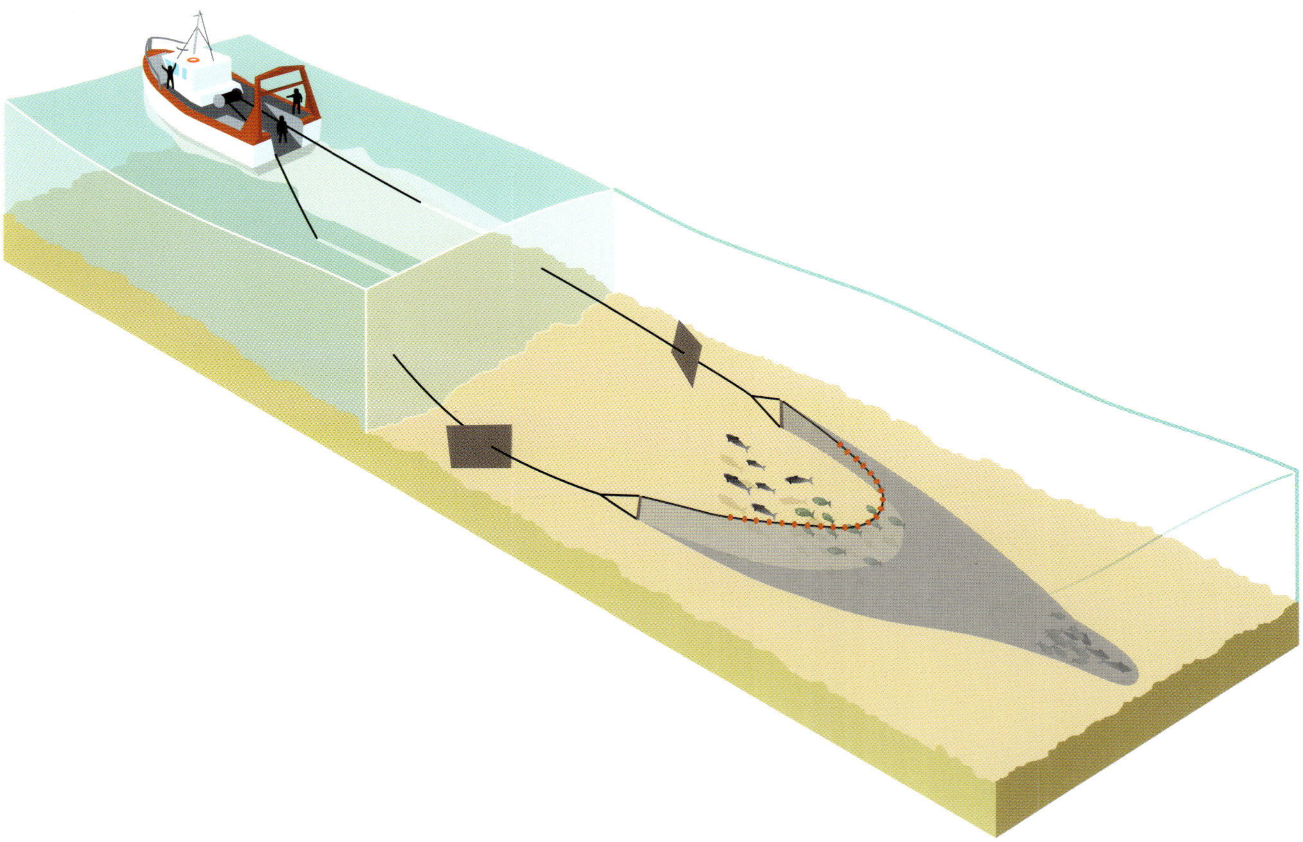

▲ Virage

Le chalut plein est viré : une fois remonté, il est enroulé sur le tambour du portique. Il se trouve alors au-dessus de la table de levage qui sert à recueillir son contenu.

◀ Pêche exceptionnelle

Il s'agit d'un congre de 2 mètres de long.

▶ Bonne pêche !

Le cul de chalut vient d'être ouvert et vidé dans la table de levage située sur le pont. La pêche est satisfaisante. Cette table sera ensuite relevée à 80 centimètres de hauteur pour faciliter le tri. Le fait de trier debout limite les maux de dos.

Le portique de levage
Il permet de mettre à l'eau et de remonter le chalut plein à l'arrière du bateau sans risque de le déchirer : le chalutier est alors dit « de pêche arrière ». Pour ouvrir le cul de chalut, on frappe avec un marteau sur l'appareil qui le maintenait fermé. Les cordes orange que l'on aperçoit servent à préserver le chalut de l'usure lors de la traîne, elles forment ce que l'on nomme un tablier de protection.

CCL QUIMPER - CORNOUAILLE
CORNOUAILLE

< Dernier rangement pendant le retour
Il est temps, le ciel se couvre et on aperçoit des ondées à l'horizon.

Retour prévu à 16 h 30
Le poisson sera directement débarqué à la criée de Saint-Guénolé.

Océan : Divinité de houles et de houles sur des gouffres et des gouffres,
Irascible énergie à la voix de cornoc.
Monstre glauque, semblable à quelque énorme gueule de baudroie
suivie d'une incommensurable queue de congre,
Masse mouvante avec, pour âme, cette lame sourde jaillissant en
lave d'un puits abyssal.

Saint-Pol-Roux, *Prières à l'océan* in *De la colombe au corbeau par le paon*, 1904.

ENACLE

Du bateau à la criée

À l'arrivée au port, les poissons non congelés – triés à bord ou à terre suivant les critères de taille, de qualité et de présentation fixés par la réglementation – sont répartis en lots destinés à la vente à la criée. Si le produit de la pêche peut être directement vendu à la poissonnerie ou au restaurant, cette pratique reste marginale comparée aux ventes aux enchères effectuées dans les « halles à marée » ou « criées » ouvertes aux professionnels (mareyeurs, grossistes, poissonniers, restaurateurs), dès 6 heures le matin sur la côte atlantique et dans l'après-midi dans les ports méditerranéens.

De la criée au mareyeur

Les mareyeurs (374 entreprises en France en 2006 dont 324 en mareyage et 50 en mareyage et transformation) sont le premier maillon de la chaîne de distribution. Ils achètent leurs lots de poissons et crustacés à la criée, directement au producteur. Quant à l'achat aux importateurs, il ne passe pas sous criée. Dans leurs ateliers, les poissons préparés (étêtés, vidés, traités en filets) sont conditionnés pour la vente à un grossiste, grandes surfaces, poissonnier, restaurateur ou pour l'exportation.

Du mareyeur au distributeur

La plupart des produits de la pêche sont confiés aux transporteurs. Après un passage ou non à la halle en gros, ouverte uniquement aux commerçants, le poisson prend place sur les étals d'un marché, d'une poissonnerie, d'une grande surface. En moyenne, 2 % de la marée est achetée par des restaurateurs, 28 % par les poissonneries et 70 % par les grandes surfaces.

Le chaînon de la transformation

Surgélation (21 % du chiffre d'affaire de ce secteur), conserveries (27 %) et saurisserie (52 %, salage, fumage, séchage) sont les différents secteurs de la transformation des produits de mer. Traiteurs et restaurateurs entrent aussi dans ce marché.

À l'arrivée... le prix

À chaque étape du circuit, le prix du poisson augmente. De la criée à l'étal, il a doublé, les stratégies adoptées selon les espèces (importation, aquaculture notamment) autorisant des marges. Aux taxes pratiquées sur chaque transaction entre les intermédiaires s'ajoutent les coûts du conditionnement, du stockage et du transport. Selon une étude commandée par l'Ofimer sur la formation du prix du poisson, plusieurs éléments doivent être pris en considération, les frais fixes selon le type de point de vente (main-d'œuvre, frais de conservation), le prix du transport par camion frigorifique, la charge des invendus et du rebut (pertes de matière lors de la découpe du produit) et la raréfaction des ressources.

➤ À la criée de Saint-Guénolé

Les langoustines du Sud Finistère sont très réputées.

QUIMPER

Les flotteurs de repérage
Jean Lagarde, le patron du *Corto II*, les prépare à l'avance.

LA ROCHELLE

La mer
Sourit au loin
Dents d'écume
Lèvres de ciel.
Federico Garcia Lorca, *La ballade de l'eau de mer*, 1954.

Fondée au xe siècle sur un rocher entouré de marais, La Rochelle est d'abord un village de pêcheurs qui s'étend au fil des siècles et devient peu à peu un port important. Fortifié, celui-ci date du XIIIe siècle et se trouve encore aujourd'hui à son emplacement d'origine. On le reconnaît à ses tours qui ont le double rôle de phare et de défense.

Au XVIe siècle, la grande pêche à la morue sur les bancs de Terre-Neuve contribue à l'essor de la flottille rochelaise. La pêche industrielle se développe au XXe siècle jusque dans les années 60, puis diminue progressivement au profit d'une flottille artisanale. Depuis, avec les crises successives, le nombre de bateaux de pêche a beaucoup diminué à La Rochelle... Cependant, l'année 2007 permet de reprendre espoir car les cours se maintiennent et le tonnage est remonté. De ce fait, les hauturiers rochelais du sud et les côtiers restent fidèles au port. Sur les quarante criées françaises, La Rochelle se classe dix-huitième en valeur.

Le port de la Rochelle a toujours participé au développement économique de la ville. Bien que les bateaux soient aujourd'hui moins nombreux qu'auparavant, l'activité de mareyage s'est quant à elle maintenue et même développée. En valeur, le bar, la sole, la seiche, le thon et l'encornet dominent la criée. La pibale est également pêchée d'octobre à mai. Si 3 386 tonnes ont été vendues en criée en 2007, le volume de produits de la pêche transitant par la plate-forme de marée est estimé comme étant cinq à six fois plus important.

À La Rochelle, les mareyeurs bénéficient de la situation géographique de la ville, intermédiaire entre les grandes zones de production du nord de l'Europe, et les pays fortement consommateurs de produits de la mer du sud de l'Europe (en particulier l'Espagne). En 1994 est créé le port de Chef de Baie aux équipements modernes permettant une vente informatisée. C'est une véritable plate-forme commerciale des produits de la mer. Les liaisons routières permettent aux mareyeurs de s'approvisionner dans d'autres ports, auprès de grossistes, d'aquaculteurs, ou à l'import, ce qui a compensé les effets des différentes crises à la criée de La Rochelle.

Filets au repos

Les filets sont l'autre nom, plus simple, pour désigner le tramail. L'équipage les sortira de leur casier dès que le bateau sera arrivé dans la zone de pêche.

JEAN LAGARDE SUR LE *CORTO II*

Jean Lagarde a 63 ans et une longue expérience de la mer derrière lui... Il se souvient avoir commencé à pêcher au chalut à 12 ans, pendant les vacances, avec son grand-père à Royan. Après avoir passé le BEPC, il s'engage pour cinq ans dans la Marine nationale et acquiert ses brevets de timonier et de météo. Il navigue ensuite un an avec la marine marchande puis se retrouve chargé du cadastre des parcs à huîtres aux Affaires maritimes, activité qui l'occupera six ans durant. Ostréiculteur pendant quatorze ans, il achète son premier bateau de pêche fin 1987. Il se spécialise alors dans la pêche aux filets, pratiquant toutefois aussi les casiers et la pêche aux civelles.
On ne s'étonnera donc pas que Jean soit issu d'une famille de marins-pêcheurs depuis... aussi loin que ses recherches généalogiques l'ont fait remonter ! Enfant, il vit logiquement sur la

annuelles. L'équipage est composé de deux hommes permanents, un marin supplémentaire pour la pêche aux dragues et un mousse occasionnel (stagiaire école). Jean en est satisfait mais reste ouvert à d'éventuelles améliorations.
À la question « comment avez-vous choisi d'être marin-pêcheur ? », Jean répond par un méditatif « ai-je choisi ? ». Et d'enchaîner « sans doute, puisque j'ai connu puis quitté d'autres professions. Peut-être est-ce dans mes gènes... ». Il répète un peu plus tard qu'il ne pourrait pas faire d'autre métier. Quant aux risques quotidiens, il déclare ne pas y penser très souvent.
Jean Lagarde estime que la ressource a diminué tout en restant correcte ; pour lui, le prix moyen en hausse compense largement.
« Que pensez-vous de la gestion de la ressource aujourd'hui ?

▲ Les coureauleurs

Ce sont les navires qui naviguent dans les coureaux, ces zones de pêche regroupant le pertuis breton (entre l'île de Ré et le continent) et le pertuis d'Antioche (entre l'île d'Oléron et l'île de Ré). Ils font moins de 12 mètres, c'est pourquoi on parle de « petite pêche ». Les coureauleurs sont dans leur grande majorité polyvalents et adaptent leurs techniques de pêche selon les saisons.

▲ La formation
Les marins-pêcheurs accordent une importance toute particulière à la transmission des savoirs, d'une génération à l'autre. Ici, l'équipage s'empare des filets…

➤ Louison
Ancien hauturier, il est originaire de l'île d'Yeu.

LE TRAMAIL

On distingue plusieurs catégories de filets.
Les filets semi-actifs sont nommés ainsi car le marin-pêcheur doit l'enrouler et le refermer autour des poissons. Il s'agit de la senne, ou bolinche (voir page 239).
Les filets passifs, les pièges, sont ceux qui nous intéressent ici. On les qualifie de « droits » car ce sont de grands rectangles de mailles qui restent verticaux dans l'eau. Le filet droit le plus simple, la thonaille, ne comporte qu'une seule nappe, et il peut être dérivant (voir page 107) ou de fond.
Le tramail (ou trémail) est une autre sorte de filet droit. C'est celui utilisé dans ce reportage par l'équipage du *Corto II*. Il est constitué de trois nappes accolées. Celles à l'extérieur ont des mailles très larges qui laissent passer le poisson tandis que la nappe intérieure l'enveloppe et le retient prisonnier. Le tramail est tendu en haut par une corde munie de flotteurs et en bas par une corde lestée. Il est fabriqué en nylon.
Pour poser le tramail, Louison jette le flotteur, qui entraîne à sa suite les filets contenus dans leur caisse. Le navire avance lentement, le temps de dérouler complètement le tramail. L'équipage relève ensuite les filets posés la veille.
Le fileyeur pêche pratiquement tous les poissons de fond. Jean Lagarde utilise un maillage spécifique pour certaines espèces : sole, seiche, raie, bar. Il pêche toute l'année, en changeant d'espèce selon la saison.

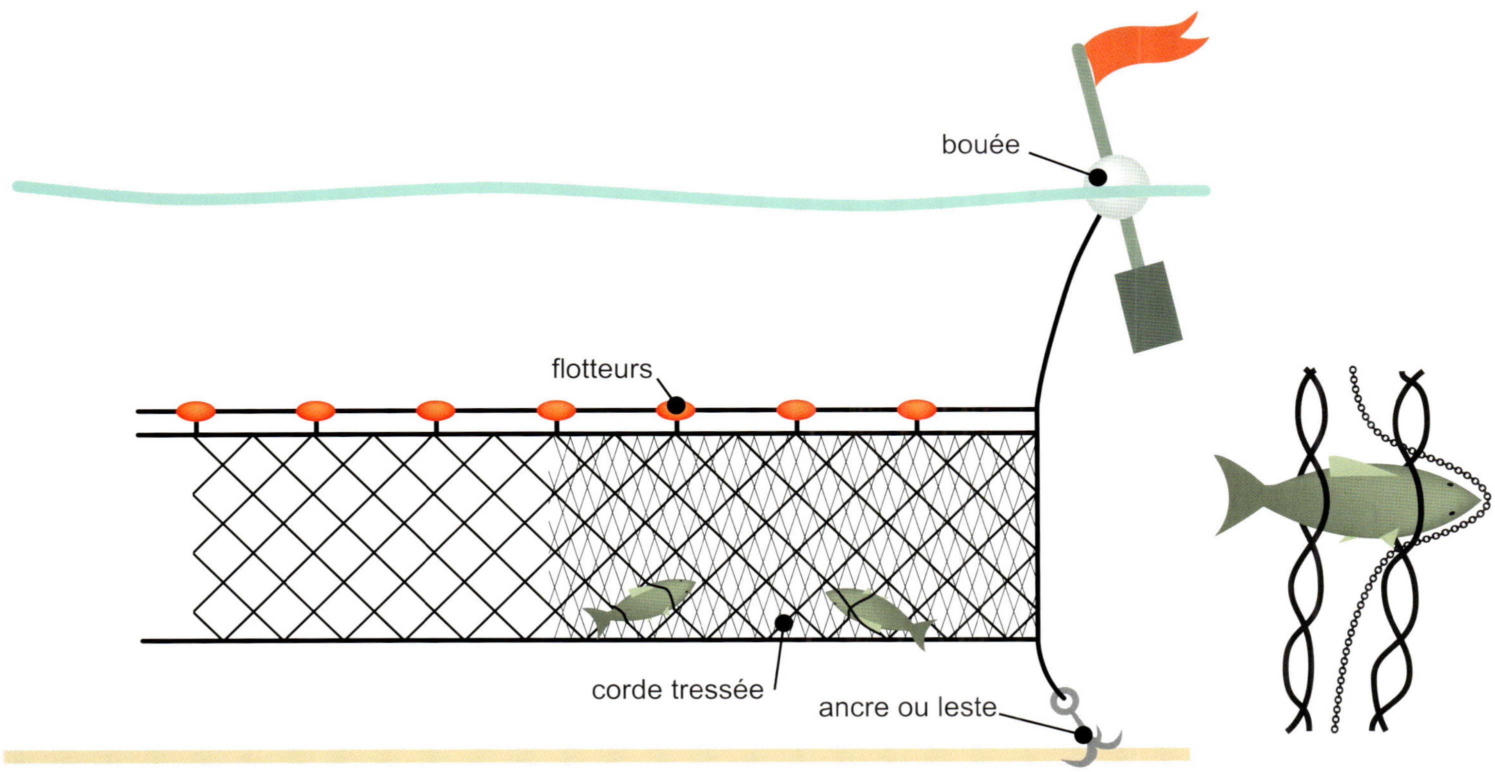

À la sortie du vire-filet

Du sable, des coquillages et des roches s'agglomèrent parfois pendant la nuit dans les mailles des filets. Tanguy les brise au maillet pour libérer le tramail.

▲ Démaillage
Il s'agit de délivrer les poissons pris dans les filets.

LA FORMATION DES JEUNES PECHEURS

Et le métier de marin-pêcheur alors ? Peut-on parler de mythe ? Mêlant légendes héroïques, images d'Épinal et drames répétés, traité de mille façons par les médias, il véhicule une sorte d'activité hors ligne dont on n'appréhende jamais tout à fait les contenus réels.

Peu de métiers pourtant sont soumis à des normes rationnelles aussi évolutives. De ce fait, si l'on considère de plus près l'enseignement maritime, peu de formations sont autant à l'écoute des professionnels et en phase avec les transformations spectaculaires qui auront marqué ce métier au fil des ans. Que de progrès accomplis depuis les malamoks de nos grands-pères ! C'était l'époque du CAM (Certificat d'apprentissage maritime) préparé en un an pour pouvoir embarquer.

On peut considérer que la formation des marins-pêcheurs débute avec Jacques de Thézac et ses Abris du Marin, créés en 1904. Si ceux-ci sont avant tout des refuges qui permettent aux pêcheurs de se réunir, de se détendre et de combattre l'alcoolisme, ils ont aussi pour but de les instruire.

Cependant, il faut attendre 2005 pour que le bac pro voie le jour au Lycée professionnel maritime du Guilvinec, hissant le métier de marin-pêcheur au diapason de tous les métiers confrontés aux exigences des technologies modernes. C'est le dernier maillon d'une filière qui, partant du CAP, doit s'élever à un probable et imminent BTS.

Des disciplines nouvelles sont apparues dans les programmes : gestion, économie, halieutique, radiocommunication, anglais, informatique... Des équipements adaptés ont suivi à l'image des nouveaux matériels de sécurité, du simulateur machine et du simulateur de navigation, fleuron prestigieux d'une panoplie complète d'outils pédagogiques.

Le patron pêcheur d'aujourd'hui est un technicien gestionnaire capable de conduire la véritable entreprise que constitue un navire en tenant compte d'impératifs dont la visée à long terme permettra d'appréhender les paramètres incontournables pour une pêche durable. La survie de ce métier en dépend. On parle de plus en plus de repos biologique mais aussi d'éconavigation, en ces temps de mutation qui voient fondre les énergies fossiles et reconsidérer le poste carburant.

Soucieux d'être aussi juste que performant, le Lycée professionnel maritime du Guilvinec nourrit une culture de la mer axée principalement sur les échanges avec la profession. Cette éthique se traduit surtout à travers les stages des élèves et les retours qui en résultent. Le mousse, l'élève pilote, le novice ne sont pas des vains mots. La part accordée à l'exploitation concrète des stages, aux bilans, aux mémoires, traduit ce souci d'osmose et de synergie.

Les enjeux de la formation passent aussi par le caractère transversal, voire la flexibilité d'un secteur professionnel qui fut longtemps figé. En clair, des passerelles se mettent en place entre les différentes filières, la pêche, les cultures marines, le commerce et la plaisance professionnelle.

Pendant longtemps le métier de marin fut une affaire de culture sociologique : on choisissait d'être marin parce que son père l'était et que son grand-père le fut auparavant. Aujourd'hui il n'en est plus ainsi. Le Lycée professionnel maritime du Guilvinec met en place des opérations de séduction pour continuer à attirer les jeunes de tous horizons dans ce métier, et élargit ainsi son recrutement.

Bernard BERROU
Professeur au Lycée professionnel maritime du Guilvinec

La jeune génération
Malgré les conditions de vie,
les salaires et les problèmes de

En France

La vente totale des produits de la pêche et de l'aquaculture en 2007 s'est élevée à 790 739 tonnes (métropole et DOM), dont 512 795 de poissons, 241 952 de coquillages, 15 061 de crustacés et 2 931 de céphalopodes, pour un chiffre d'affaires de 1,70 milliard d'euros. La vente des produits issus de l'aquaculture en métropole atteint 238 000 tonnes soit 525 millions d'euros, pour 3 659 entreprises (3 317 en conchyliculture, crevettes et algues, 36 en pisciculture marine et 306 en eau douce). La flotte est constituée de 7 671 navires (5 232 en métropole, 2 439 dans les DOM) dont 4 973 de moins de 25 mètres et 4 706 pratiquant la petite pêche et la pêche côtière. 20 508 marins ont été embarqués (3 420 dans les DOM) dont 12 372 pour la petite pêche et la pêche côtière. La France se situe en cinquième position européenne pour la quantité de sa flotte, à la deuxième en terme de tonnage. Le montant des exportations dirigées essentiellement vers le sud de l'Europe est de 409 087 tonnes, correspondant à 1438 millions d'euros, tandis que les importations (essentiellement de Norvège, Royaume-Uni et Espagne) se chiffrent à 3 950 millions d'euros pour 1 106 049 tonnes (poids vif). La consommation annuelle des produits de la mer est d'environ 35,5 kilogrammes par habitant. Les ménages ont acheté 662 896 tonnes de produits aquatiques dont 39 % en produit frais et les restaurateurs 255 800 tonnes. La France est le troisième producteur européen de produits de la pêche. L'activité de 1 300 navires européens et 20 à 25 % des produits de la mer consommés dans l'Union européenne dépendent directement des accords d'accès multilatéraux pour les stocks de haute mer, et surtout tiers, accords négociés afin de faire face à la surexploitation générale de la ressource et à une nationalisation progressive des espaces marins (Zone économique exclusive (ZEE) allant jusqu'à 200 milles des côtes, et fermée aux pêcheurs ressortissants d'un autre état). La zone de pêche communautaire des 200 milles, assortie de mesures de régulation de la ressource, est librement accessible aux pêcheurs des états membres.

Dans le monde

En 2005, la production halieutique mondiale (captures et pisciculture) a atteint un chiffre record de 157, 5 millions de tonnes, dont 75 % destinés à la consommation humaine, le reste étant utilisé pour les produits non alimentaires, farine pour l'élevage et huile pour l'industrie pharmaceutique et des usages techniques (tannerie). 43 % du poisson consommé par l'homme provient de l'aquaculture. Avec une production annuelle de 47,8 millions de tonnes, l'aquaculture est le secteur de production vivrière à plus forte croissance au monde. Le chiffre mondial d'exportation de poissons et de produits halieutiques est de 71,5 milliards de dollars en 2005, soit une hausse de 23 % par rapport à 2000. Le poisson est l'une des denrées les plus échangées. La Chine demeure le plus gros producteur avec une part importante d'aquaculture. Les USA, la Chine et le Pérou demeurent les principaux producteurs de pêche de capture. La flotte de pêche mondiale comptait environ 4 millions d'unités à la fin de 2004, dont environ 86 % des navires pontés concentrés en Asie. 41 millions de personnes ont travaillé en tant que pêcheurs ou pisciculteurs, leur grande majorité se situant dans

SAINT-RAPHAËL

– Vous aimez la mer, capitaine.
– Oui ! Je l'aime ! La mer est tout ! Elle couvre les sept dixièmes du globe terrestre. Son souffle est pur et sain. C'est l'immense désert où l'homme n'est jamais seul, car il sent frémir la vie à ses côtés.
Jules Verne, *Vingt mille lieues sous les mers*, 1870.

Successivement amas de villas romaines puis village de pêcheurs, Saint-Raphaël devint à partir de la seconde moitié du XIXe siècle une station balnéaire prisée des artistes, sportifs et politiciens. Elle est située à l'extrémité est du golfe de Fréjus, à la frontière entre le Var et les Alpes-Maritimes et s'allonge sur 24 kilomètres de côte découpée formant criques et calanques entre la région naturelle du massif de l'Esterel et la Méditerranée.

La pêche est toujours pratiquée de manière artisanale. Tous les matins sur le vieux port situé au cœur de la ville, les pêcheurs professionnels vident leurs bateaux chargés de rascasses et de rougets. Chefs restaurateurs et consommateurs se pressent ensuite au marché pour les acheter.

On appelle les bateaux de Saint-Raphaël les pointus, nommés ainsi à cause de la forme effilée de leurs extrémités. Mesurant de 6 à 8 mètres, ils ont des couleurs vives, apportant aux ports littoraux de la région une note colorée et une animation lors du démaillage des sardines ou des poissons de bouillabaisse. Ces bateaux, très résistants, ont permis à des générations de pêcheurs de prendre la mer. Le capian, excroissance de l'étrave tournée vers les cieux, fait sa spécificité. Symbole commun aux ports de la Méditerranée occidentale, il est devenu une allégorie de la force masculine et on le nomme le phallus. À Venise, on le peint souvent en rouge. Le pointu est gréé en voile latine d'influence arabe et à partir de 1913, il est motorisé, ce qui facilite et écourte les traversées. Aujourd'hui, après une longue éclipse, les amateurs de vieux gréements et les plaisanciers tentent de les remettre à l'honneur.

▲ Coup de filet
L'Europe a interdit le filet maillant dérivant depuis 2002 car celui-ci serait trop peu sélectif… Les thonailleurs le contestent, en prenant l'exemple des États-Unis qui autorisent la technique. L'Ifremer est chargé d'une étude à ce propos, dont les conclusions sont très attendues car un recours par la France a été engagé auprès de Bruxelles.

Virage

La remontée du filet est fructueuse. Le thon se prend par les ouïes dans la thonaille et il est pris au piège.

URENT AMSELLEM SUR L'*ANNA-FELICIENNE*

nt Amsellem a 33 ans. Ni son père ni son grand-père ent marins-pêcheurs. Il vient d'une famille marseillaise mmerçants. La mer a été comme un refuge pour lui, suite dispute familiale. Après une troisième technologique et ébuts dans le commerce, il passe donc son capacitaire, nence à pêcher à 18 ans et obtient son Brevet de patron e navigation (BPPN). Il a toujours été fileyeur et pratique angre dérivante maintenant qu'il est le patron de l'*Anna-enne*. Il pêche la sole, le merlan, et surtout le thon rouge, st pour lui le poisson le plus rentable.

a-Félicienne a aujourd'hui 25 ans et Laurent Amsellem en out à fait satisfait. Il effectue cent cinquante sorties en mer par an, avec ses quatre marins. Il admet qu'il garde tout le temps à l'esprit les risques liés au métier, mais s'il a choisi d'être marin-pêcheur, c'est aussi pour l'aventure. Et l'absence de monotonie : « Ce qui me plaît dans le métier de marin-pêcheur, c'est de poser et de tirer les filets sans savoir à l'avance la quantité de poissons qui sera pêchée. »

Aujourd'hui, Laurent Amsellem regrette l'interdiction de la thonaille. Il voit en elle la mort annoncée des petits métiers. Il estime également que l'Europe ne sait pas gérer la ressource halieutique. Pour ces raisons, il n'envisage pas l'avenir de la profession d'un bon œil et pense qu'elle deviendra très dure s'il n'y a pas de volonté politique de sauver le métier.

MT 541106

EN MER, LA SOLITUDE N'EXISTE PAS...

Les apparences sont pourtant trompeuses... Certes, il y a les repas pris ensemble avec le reste de l'équipage, puis, au travail, les gestes de chacun qui s'emboîtent dans l'action collective de la pêche commune, mais pour tous les marins-pêcheurs vient l'heure du quart, quelquefois à deux, mais le plus souvent seul. Il peut faire beau ou mauvais, qu'on soit en début ou en fin de marée, qu'il fasse grand jour ou que l'on soit au cœur de la nuit, qu'on soit en pêche ou en route, arrive le moment où l'homme est face à lui-même, au navire, aux éléments et aux autres qu'on ne voit pas.

Face aux autres d'abord. L'homme de quart est en charge d'âmes. Ses camarades travaillent sur le pont ou se reposent, mais lui veille. Il surveille le danger pour le compte de tous. Lorsqu'ils sont en opération les navires de pêche ont en principe un privilège de route, mais dans la pratique, mieux vaut se méfier des caboteurs et autres navires de commerce car certains transitent en avant toute, avec un équipage réduit au-delà du raisonnable et recruté Dieu sait où. L'abordage est toujours possible avec des navires que l'on n'aurait pas repérés ou dont on aurait mal surveillé la route. Et l'échouement lui aussi est toujours possible si l'attention se relâche. On n'est pas seul quand on se rappelle tous les accidents rapportés et les collègues péris en mer, 17 pour la seule année 2006 sur un ensemble de 17 000 marins-pêcheurs*. Quel est le pêcheur qui n'a pas un nom de camarade disparu en mémoire ? Bien sûr, il y a ceux qui se sont retrouvés dans l'eau à la suite d'un événement de mer, mais on ne peut oublier ceux qui pour reprendre un gréement ont dû se pencher par-dessus la lisse de pavois, ou dont la jambe s'est trouvée prise dans une boucle de filin au moment d'un filage de casier...

On est face aux éléments aussi. La mer n'est jamais innocente, et force est de constater que les accidents de travail arrivent plus souvent quand il fait beau, quand l'attention se relâche. On peut l'oublier, mais les statistiques sont cruelles : l'accident arrive les deux tiers du temps quand les éléments sont cléments.

On est face au navire qui vit sa vie de navire sous les pieds de l'équipage. Même s'il est entretenu au mieux, il vieillit au milieu d'une flottille qui prend chaque année de l'âge faute de moyens pour la renouveler et on ne peut guère ne pas s'en inquiéter. Il faut vérifier tous les paramètres du moteur, les alarmes d'entrée d'eau, celles de position et acquitter régulièrement l'alarme de vigilance qui les détermine toutes. Veiller aussi au risque de croche, et lorsque cela arrive, avoir les bonnes réactions.

Enfin, on est face à soi-même, face aux misères physiologiques d'un travail qui, avec ses rythmes décalés et souvent excessifs, use son homme, aux maux du dos provoqués par les si nombreuses charges lourdes qu'il faut déplacer à bord ou encore à quai avant le départ ou après le retour, aux contusions et blessures aux pieds, aux mains et à la tête. Bruits, vibrations, mouvements du navire, humidité permanente, le corps s'y habitue mais sur le long terme, à quel prix ? S'il est un métier pour lequel la notion de pénibilité a un sens, c'est bien celui-là. Penser surtout à ce qu'il faut faire pour se prémunir au mieux de la blessure ou de la chute et ne pas faire partie de ceux qui seront encore victimes (chaque année un sur dix au moins) d'un accident du travail maritime, dans des proportions qui n'ont rien à voir avec ce qui se passe à terre dans les métiers les plus exposés comme ceux du bâtiment (un sur vingt). Concrètement, cela veut dire mettre des bottes de sécurité, porter des gants anticoupures, protéger sa tête...

Se dire encore qu'on n'est plus seul à agir pour la prévention des accidents du travail comme des événements de mer et que les nouvelles procédures qui s'appliquent maintenant à tous les navires et à chaque marin-pêcheur commencent à donner quelques résultats. Il y a moins de cinq ans le ratio d'accidents était encore à un sur sept.

Et puis se rappeler toujours, parce que le risque zéro de chute à la mer n'existe pas, qu'on n'est plus tout seul à accepter de porter en toutes circonstances un vêtement de travail à flottabilité intégré, qui, si la malchance jouait, permettrait de tenir quelques précieuses minutes pour que les autres membres de l'équipage puissent réagir ou que les secours soient alertés et se mobilisent. Décidément c'est bien de n'être jamais tout seul en mer...

Georges TOURRET
Président de l'IMP (Institut maritime de prévention)

*Le même ratio conduirait à terre, pour les 17 000 000 salariés du régime général à la disparition d'une ville de 17 000 habitants.

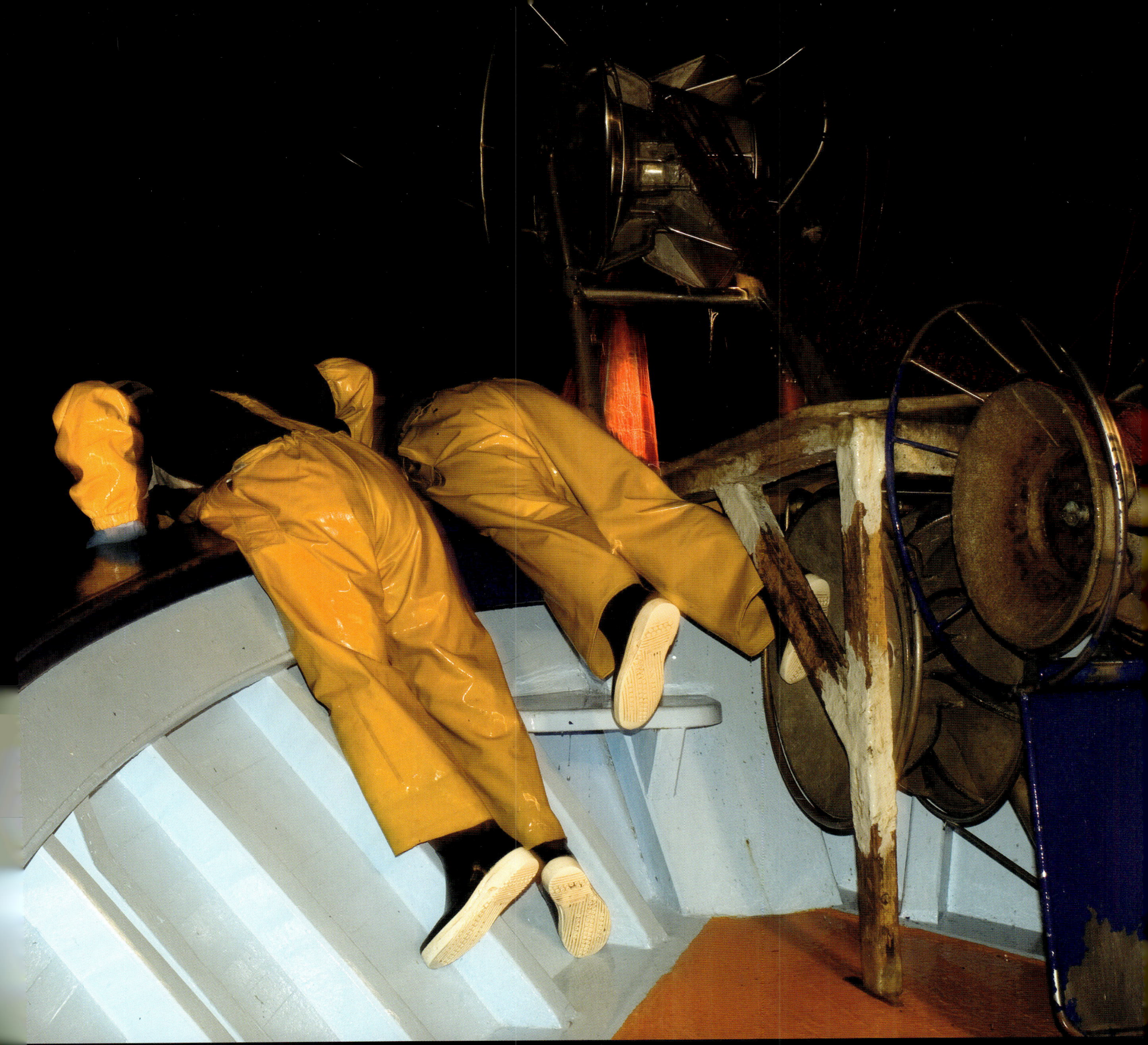

Filage

Les marins n'hésitent pas à prendre des risques en se penchant très en avant pour vérifier le bon déroulement de la thonaille.

▲ Sur le pont
La pêche ne sera pas vendue à la criée, mais directement à un mareyeur.

➤ Travail nocturne
La marée débute à 14 h 30 pour se terminer à 10 heures le lendemain matin. L'équipage travaille sept jours sur sept, tant que le poisson est là…

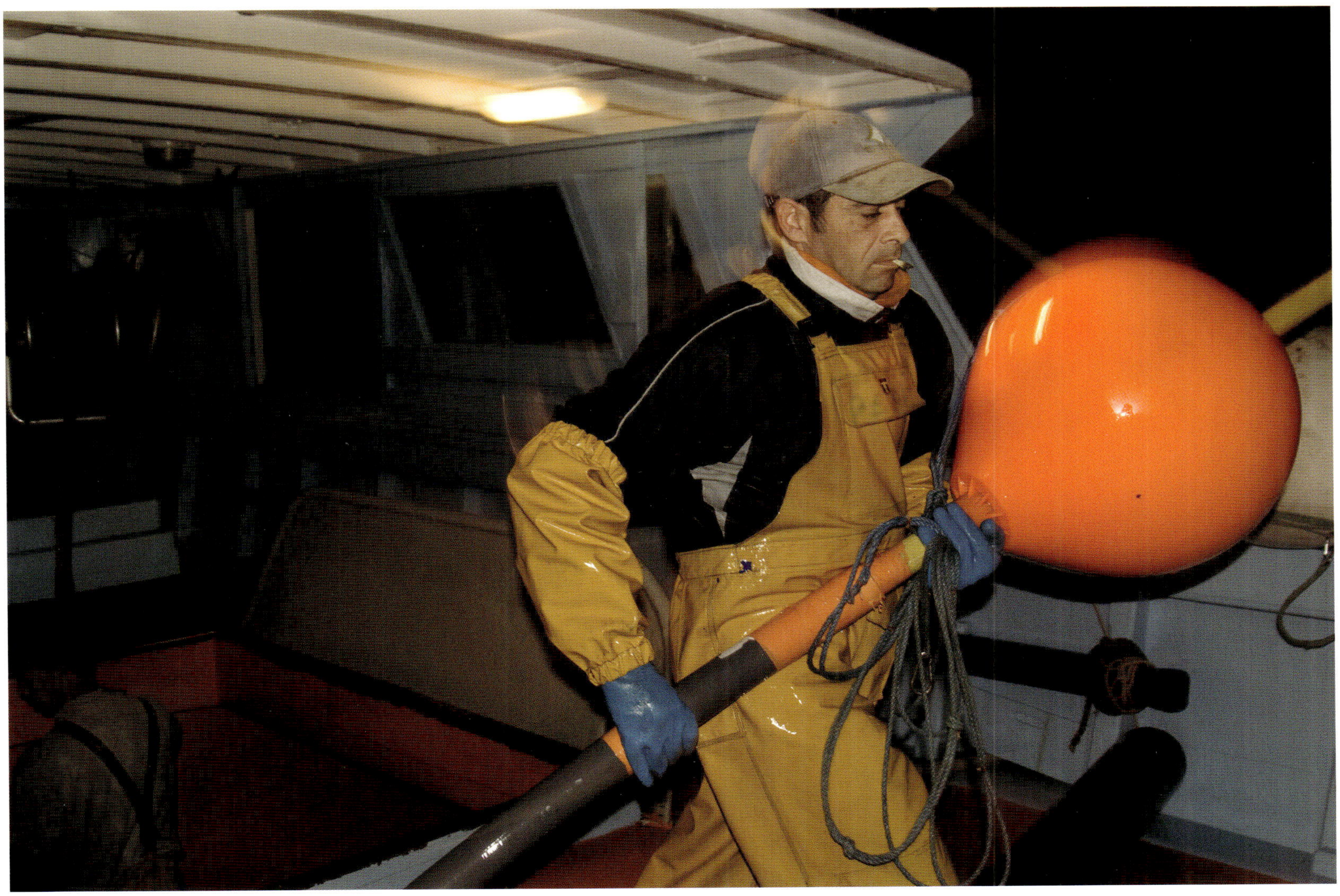

Fatigue

Le métier de marin-pêcheur demande une grande endurance physique du fait des conditions de travail. Le navire de pêche est souvent exigü, il est soumis aux intempéries et se trouve constamment en mouvement. À cela s'ajoutent l'environnement sonore très bruyant et un éclairage parfois insuffisant. Les moments de repos se font rares lors d'une sortie en mer...

⮝ Rangement sur le chemin du retour...
... après une nuit de pêche éprouvante.

➤ Comptage
Lors de cette marée, l'équipage de l'*Anna-Félicienne* a capturé cent quarante thons de 30 kilogrammes environ chacun.

Sur la route

L'*Anna-Félicienne* rentre au port après une marée fructueuse.

Débarquement de la pêche
Après l'arrivée au port de Saint-Raphaël, les thons sont pesés trois par trois et livrés au mareyeur.

Glaçage
Il est obligatoirement effectué le plus rapidement possible pour assurer une bonne conservation de la pêche, sur le bateau, puis dans le camion frigorifique du mareyeur.

L'Asta Buen

On distingue les dents de la drague qui viennent déloger les praires dans la vase.

PLOUGASTEL

Mers humaines, d'où monte avec des bruits de houles
L'innombrable rumeur du grand roulis des foules.
Alphonse de Lamartine, *Cours Familier de Littérature*, 1856.

Plougastel-Daoulas est une commune de la rade de Brest. La devise de Plougastel-Daoulas est *War zouar ha war vor* qui signifie « sur terre et sur mer ». En effet, la configuration mer et terre de la presqu'île conforte une double activité qui se complète bien. Par exemple, les amendements marins (matériaux meubles riches en calcaire comme la vase, le sable ou le gravier) utiles à l'agriculture sont ramassés par les pêcheurs plougastels. La longueur de son littoral atteint 37 kilomètres et quatre ports y sont implantés.

Le Tinduff était dans l'ancien temps un lieu d'où partait le pèlerinage pour Sainte-Anne-la-Palud. Entre les deux guerres, il était le principal port coquillier de la presqu'île, et il est devenu au fil des années le port le plus important de Plougastel. Il produit essentiellement des coquilles Saint-Jacques et des praires, pêchées toutes deux avec la même technique, la drague. En 2000, on comptait au Tinduff seize patrons pêcheurs et neuf matelots répartis sur dix-huit bateaux.

➤ Cadence

La drague est virée trois à quatre fois en une demi-heure, soit une vingtaine de fois par marée.

Né dans une famille d'agriculteurs, rien ne prédestinait André Le Gall à la pêche… Pourtant, ayant toujours vécu à Plougastel, la mer n'était pas loin dans son imaginaire. Tout commença donc à 20 ans, après une succession de petits boulots…

« Comment avez-vous choisi d'être marin-pêcheur ?

– Par hasard. Le père d'un ami prenait sa retraite et son fils a récupéré son bateau. Il m'a proposé de l'accompagner pêcher en mer. Je l'ai suivi, et bien qu'il ait vite abandonné, j'ai pour ma part continué. Le métier de marin-pêcheur est devenu une véritable passion. »

Il a donc appris sur le tas et n'a validé ses acquis pour obtenir le capacitaire que bien plus tard.

André Le Gall s'est ensuite essayé à presque toutes les techniques : la drague aux pétoncles noirs, le chalut à pétoncles, les casiers, les filets… Le maître-mot est l'adaptabilité, en fonction de la ressource et du marché. Sa femme a pêché avec lui durant dix ans. Ils ont deux enfants de 12 et 16 ans qui ne savent pas encore si le métier de marin-pêcheur les passionnera comme leur père ou non…

Aujourd'hui, à 45 ans, André Le Gall pêche surtout la praire à la drague l'hiver, la coquille Saint-Jacques quand il peut, et le bar à la palangre l'été. Mais la Saint-Jacques est interdite en 2008 à cause des toxines, ce qui rend l'année très mauvaise ; c'est la pire qu'André Le Gall ait jamais connue. Il est inquiet car la même toxine infeste les coquilles en Écosse depuis 1995. Il continue de pêcher la coquille Saint-Jacques pour les transformateurs qui récupèrent les noix et le corail qui ne sont pas touchés par la maladie, mais cette pêche n'est pas rentable. « Le problème, c'est que tous les marins-pêcheurs se reportent sur les mêmes ressources, pour les mêmes raisons. Le prix du gasoil nous incite notamment à préférer la pêche côtière, qui limite les frais de carburants. Du coup, la concurrence est rude. »

Son navire en bois, l'*Asta Buen* (en breton, « dépêche-toi ! »), a 35 ans et André Le Gall le possède depuis quinze ans. C'était à l'origine un caseyeur-fileyeur. André Le Gall en est très content. Il respecte scrupuleusement les mesures de sécurité : « J'y pense constamment, j'ai déjà perdu des amis en mer… » Il fait environ cent soixante-dix à cent quatre-vingts sorties par an, mais c'est très variable, selon la météo, les interdictions…

André Le Gall est très conscient des efforts à faire pour maintenir une ressource nombreuse et qualitative. Il a participé à la remise en milieu des Saint-Jacques dans la rade de Brest. En plus de pêcher, il est responsable de la commission coquillages pour le Comité local des pêches, un travail qu'il effectue de façon volontaire et bénévole. La commission compte douze responsables et elle réunit régulièrement tous les licenciés du port du Tinduff. Sa tâche consiste à observer l'état des stocks et à faire une prospection avec l'Ifremer afin d'organiser le calendrier des campagnes de pêche suivantes. Dans ce cadre-là, André Le Gall se bat pour faire respecter les mesures de protection des ressources : contre les dragues trop lourdes qui détruisent les fonds marins, contre le non-respect de la taille minimale de capture des coquillages, pour le respect du rejet des coquillages trop petits sur zone, etc.

André Le Gall reconnaît que les techniques se sont aiguisées, mais il faudrait parfois y mettre un frein.

« Que pensez-vous des réglementations ?

– La pêche de la praire est bien réglementée, mais les filets ou d'autres techniques ne sont pas suffisamment encadrés et leur efficacité est parfois redoutable pour l'environnement. Ça a dérapé ces dernières années. » André Le Gall regrette également que le chalutage pélagique du bar au large en période de reproduction ne soit pas interdit ou réglementé, car les pêcheurs côtiers en font ensuite les frais.

– Quels changements avez-vous constatés ?

– Les contrôles sont en diminution et les marins-pêcheurs ne respectent pas toujours les restrictions. À mon avis, on devrait s'arrêter de pêcher une fois atteint le chiffre d'affaires que l'on s'était fixé pour l'année. Mais certains préfèrent continuer de pêcher pour gagner plus… Beaucoup de coopératives ont fermé car elles n'ont pas su s'adapter à l'évolution du métier. De ce fait, l'esprit de communauté est beaucoup moins fort. Aujourd'hui, face aux difficultés, on n'a pas le choix : il faut redorer notre image et nous rassembler.

– Pourriez-vous faire autre chose que marin-pêcheur ?

– Je ne pensais pas, mais il va falloir y songer…

– Qu'est-ce qui vous plaît tant dans ce métier ?

– C'est un super métier : on a la chance de travailler dans un milieu naturel encore sauvage, dans des paysages splendides. L'indépendance est appréciable aussi. Mais aujourd'hui, le métier est en train de se dégrader… Je suis assez pessimiste sur son avenir, je ne sais pas trop. »

Sur la grève en cours au printemps 2008 contre le prix du gasoil, André Le Gall soulève le problème de l'investissement. Il existe des moteurs qui consomment moins de carburant, mais la flotte actuelle n'a pas les moyens de s'équiper…

Après le virage

Une fois la drague vidée, elle est aussitôt filée. Les traits sont assez courts : une dizaine de minutes seulement. Le créneau horaire varie en fonction des zones, mais ici, en rade de Brest, la période autorisée est de 9 heures à 11 h 30.

LA DRAGUE

La drague est une poche en filet ou en anneaux d'acier qui ressemble à une grande épuisette. Elle est fixée sur une lourde armature métallique dont la barre inférieure est munie de lames (couteaux) ou de dents, comme c'est le cas pour la drague à praire de l'*Asta Buen* (voir ci-contre). La drague est traînée sur le fond marin par le navire grâce à une fune. Les dents et le poids de l'engin permettent de déterrer les coquillages logés dans la vase. D'autres types de dragues plus petites peuvent être reliées entre elles par une grande perche munie de roues (voir schéma de la drague à coquilles Saint-Jacques ci-dessous).

Au large du Tinduff, Thierry Boissel et André Le Gall mettent leur drague à l'eau et la remontent à l'aide d'un treuil hydraulique. C'est une manœuvre dangereuse car la drague est lourde : elle pèse 90 kilogrammes pour 1,50 m de large.
La drague est ici utilisée pour ramasser des praires mais d'autres formes de drague pêchent toutes sortes de coquillages : amandes, coquilles Saint-Jacques, moules… C'est pour cette raison que l'on nomme les bateaux qui utilisent cette technique des mouliers ou des coquilliers. La drague peut également capturer les poissons plats qui s'enfouissent dans les fonds marins meubles.

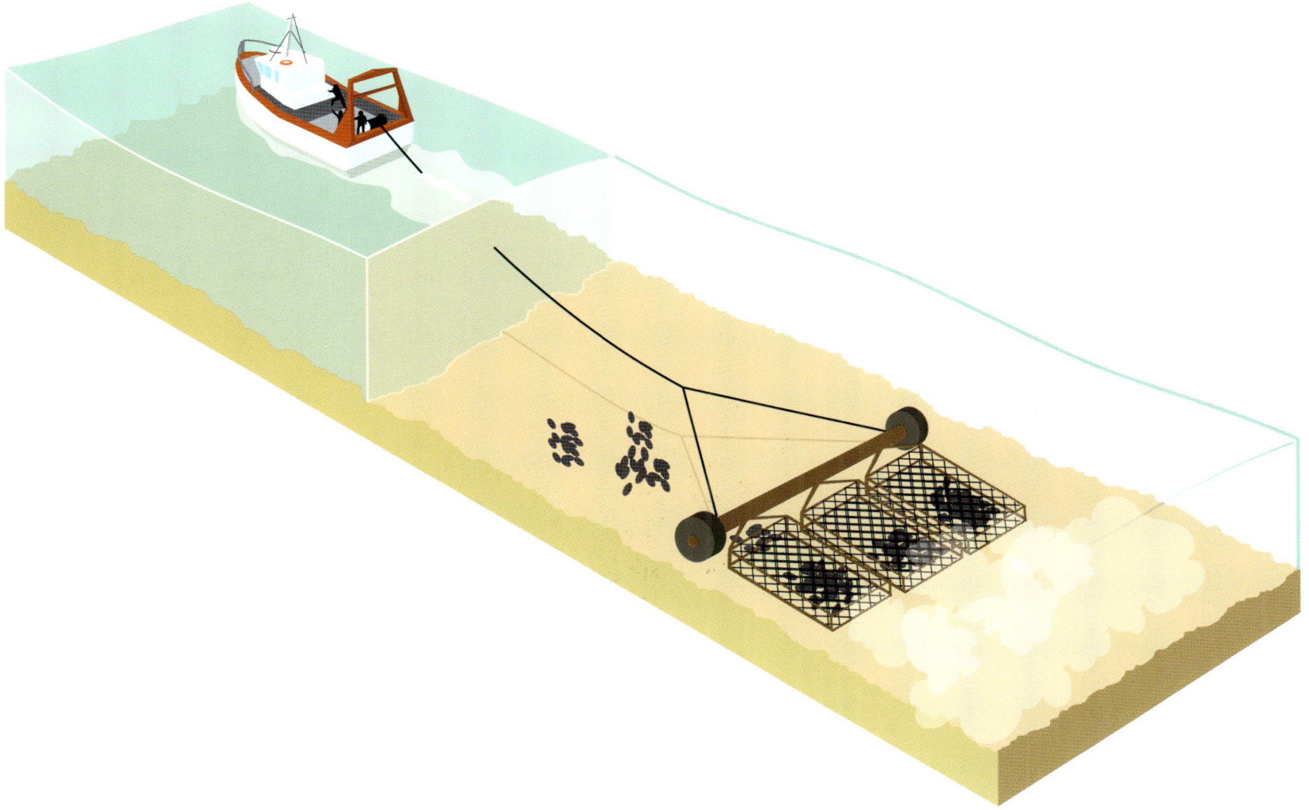

Filage de la drague
La drague grillagée est filée au treuil. André Le Gall, le patron de pêche, la soulève ensuite au palan pendant que Thierry Boissel, le matelot, la rapproche du bateau pour vider son contenu dans des caisses.

▲ Ramendage
André Le Gall et Thierry Boissel ont dû réparer les grillages de la drague à plusieurs reprises lors de la même marée.

➤ Gilles Kerdoncuff sur l'*Albatros*
Rencontre en mer avec Gilles Kerdoncuff… À bord de l'*Albatros*, il pêche le bar à la palangre et les lançons avec son petit chalut (voir reportage page 12), mais aussi la praire et la coquille Saint-Jacques à la drague. Bel exemple de diversification.

UNE RÉMUNÉRATION TOUTE PARTICULIÈRE

Spécifique aux métiers de la pêche, la rémunération à la part prend diverses formes. Le système dit « 50/50 » accorde, une fois déduits les frais communs (frais généraux), la moitié de la vente à l'équipage, l'autre à l'armateur. Les parts d'équipage peuvent aussi être distribuées selon les responsabilités à bord. Ainsi sur une vente correspondant à quinze jours de mer et six hommes d'équipage, 17 % sont consacrés aux frais communs (dont le gasoil), 34,50 % à l'armement, 8 % aux charges sociales, et 14 % au frais de criée. Le pourcentage restant concerne la part de l'équipage, soit 26,50 %, dont 6 % au patron. La rémunération à la part dépend donc largement de l'évolution des frais communs et de la qualité des captures. Si le 50/50 est une modalité, il convient de signaler que les récents contrats de travail maritime contiennent des clefs de répartition allant jusqu'à 35/65. Les marins-pêcheurs ont obtenu une rémunération mensuelle minimum – avenant à l'accord national de la pêche artisanale du 28 mars 2001. Fixée à 1 579,20 € brut, elle a pour fonction de limiter les variations trop importantes de revenus d'un mois sur l'autre, sans remettre en cause la traditionnelle rémunération à la part. En pêche industrielle, les conventions collectives permettaient déjà de concilier ces deux types de rémunération.

UN RÉGIME SOCIAL PRÉCURSEUR

Le régime des marins est considéré comme l'ancêtre des régimes sociaux puisqu'une ordonnance royale a instauré en 1670 un secours viager de deux écus par mois aux anciens militaires, y compris les marins. L'ÉNIM – Établissement national des invalides de la marine – dont l'Édit de juillet de 1720 institue l'acte constitutif, est le régime de sécurité sociale commun à tous les navigants professionnels du commerce, de la pêche et de la plaisance. Il gère la Caisse générale de prévoyance (CGP), couvrant les risques maladie, accident, maternité, décès, pertes d'effets maritimes en cas d'avarie ou de naufrage… et la Caisse de retraite des marins (CRM). L'ÉNIM n'assure pas le versement des prestations familiales qui incombent à la Caisse nationale d'allocations familiales de la pêche maritime. L'accident et la maladie survenus en mer répondent à une clause spécifique qui oblige l'armateur (sauf dans le cas d'un navire de moins de 25 mètres) à prendre en charge des frais de rapatriement et de traitement, et du salaire durant le premier mois. Les accidents du travail et l'invalidité peuvent entraîner l'attribution d'une pension par la CGP au marin ou à ses ayants droit en cas de décès.

DES PENSIONS ADAPTÉES

Le régime des retraites des marins est spécifique, il se répartit en pensions d'ancienneté, pensions proportionnelles, pension anticipée (pour les marins de moins de 50 ans atteints d'infirmité), pensions spéciales. Établies en fonction de l'âge et de la durée des services elles peuvent autoriser un départ en retraite dès 50 ans. Les cotisations sont établies sur la base du salaire forfaitaire de l'une des vingt catégories à laquelle le marin est rattaché. Le taux de la contribution patronale prend en compte la catégorie de navire (caractéristiques techniques, modalités d'exploitation et activité). Quarante mille marins cotisent aujourd'hui pour quelque soixante-douze mille pensionnés de droit direct. Cotisations et contributions ne représentent que 15 % du total des ressources de l'ÉNIM qui sont complétées par les compensations interrégimes, des recettes diverses et une subvention complémentaire de l'État.

DES AIDES À LA PERTE D'EMPLOI

Les marins-pêcheurs dont le contrat d'engagement maritime a pris fin ont droit à l'allocation d'aide au retour à l'emploi (ARE) et à l'indemnisation chômage, s'ils répondent aux critères d'attributions (nombre de jours d'embarquement administratif, périodes d'affiliation…). Ils appartiennent aux professions qui peuvent bénéficier de l'allocation de solidarité spécifique (ASS) en justifiant de quatre-vingt-onze jours d'embarquement administratif au cours des douze mois qui précèdent leur inscription comme demandeur d'emploi. Dans le cadre des plans de sortie de flotte (réduction de la flotte de pêche), entraînant l'arrêt définitif d'activité des navires, des mesures sociales accompagnent financièrement les marins dont l'emploi est supprimé : la cessation anticipée d'activité (CAA) et l'allocation complémentaire de ressources (ACR) pour les pêcheurs non couverts par un régime d'assurance chômage.

➤ Trier

Bien qu'il dispose de peu de temps entre chaque trait, Thierry Boissel commence le tri pour donner des indications sur la qualité de la pêche à André. Celui-ci décidera alors de changer de zone ou non.

CORNOUAILLE
CRIEE
GUILVINEC
CRIEE DE BREST
BRITANNIA

RESSOURCE ET ENVIRONNEMENT, DES ENJEUX CONJOINTS ET PRIORITAIRES

Un constat

Les océans contiennent 80 % de la biodiversité mondiale et constituent une ressource primordiale pour l'alimentation humaine et pour le secteur social et économique (quatre cent millions de personnes tirent directement ou indirectement un revenu de la mer).

Pollution, surpêche, extraction minière et pétrolière, menacent aujourd'hui gravement cette richesse naturelle. En 2003, 75 % des réserves halieutiques mondiales évaluées par la FAO étaient surexploitées ou en passe de l'être. La fermeture, en 1992, par le gouvernement canadien de la pêcherie de Terre-neuve pour cause de disparition de la morue a provoqué la suppression de quarante mille emplois et fait prendre conscience de la nécessité de réduire l'accès aux ressources sauvages pour l'avenir de la profession. L'intensification de la pêche commerciale, la capture des poissons dans des zones autrefois inaccessibles, l'utilisation de techniques peu sélectives (filet dérivant, sennes tournantes) ou le chalutage destructeur des fonds marins sont montrés du doigt.

Mais la pollution a aussi sa part de responsabilité. L'exploitation des fonds marins, à laquelle s'ajoutent la perspective d'extraction minière et l'immersion des déchets, ont un effet destructeur. Les polluants agricoles et industriels affectent également les écosystèmes marins. Le littoral est écologiquement malmené par le développement des activités humaines.

Le réchauffement climatique (+ 0,74 °C en un siècle) crée une élévation du niveau des océans, une modification des courants marins, une dessalinisation progressive et une acidification dont le blanchiment des coraux est un des symptômes. Les aires de répartition des espèces se modifient. Ainsi, le cabillaud a suivi certaines populations de planctons qui se sont déplacées vers l'océan Arctique pour continuer de s'en nourrir.

L'aquaculture peut de prime abord apparaître comme une solution pour pallier la raréfaction des ressources halieutiques. Cependant, l'utilisation des protéines de poissons de petites tailles (sardine, anchois) pour nourrir les poissons d'élevage exige de pêcher plus ces espèces afin de développer le secteur. De plus, certains scientifiques soulignent l'impact négatif de l'aquaculture sur l'environnement : résidus d'antibiotiques, excès de matière organique...

Réfléchir et agir

Face à ce constat, la nécessité de protéger les écosystèmes marins est une évidence partagée tant par les professionnels de la pêche que par les différentes instances internationales, européennes et nationales. Elle s'est traduite, dès la fin de la Seconde Guerre mondiale, par la création d'Organisations régionales de pêche, des institutions multilatérales décidant d'accords internationaux sur la gestion des ressources halieutiques et qui jouent un rôle de premier plan dans la lutte contre la pêche illicite, non déclarée et non réglementée. Le Code de conduite pour une pêche responsable adopté par les membres de la FAO en 1995 est considéré comme le fondement d'un développement durable des pêches et de l'aquaculture pour l'avenir.
Les réglementations européennes en vigueur sur l'exploitation des ressources halieutiques sont complétées par des conventions et directives (Habitats, Cadre sur l'Eau...) intégrant plus largement des préoccupations environnementales. La Gestion intégrée des zones côtières, reprise au niveau international, est un outil de planification et de gestion privilégié pour les zones littorales particulièrement fragilisées. Son utilisation est généralisée dans le Livre vert (2006) auquel a contribué le CNPMEM.
En France, le ministère de l'Écologie, de l'Énergie, du Développement durable et de l'Aménagement du territoire a instauré un Plan d'actions stratégiques pour les milieux marins. Dans le cadre de la Convention sur la diversité biologique, adoptée au Sommet de la Terre de Rio de Janeiro en 1992 et ratifiée par la France en 1996, une stratégie nationale de la biodiversité, destinée à contrer son déclin d'ici 2010, a été adoptée en 2004. Encouragée au niveau national, la création de zones marines et côtières protégées participe à la préservation et au renouvellement des ressources.
Au total, vingt et un accords, conventions et protocoles internationaux relatifs à la protection de la mer ont été signés par la France. Cependant, les scientifiques et associations écologiques qui tirent la sonnette d'alarme jugent ces orientations et ces mesures encore insuffisantes, tant dans leur contenu que dans leur application.

➤ 43 millimètres

Pour protéger la ressource, la pêche à la praire est encadrée par deux grandes règles : d'une part, les sorties ne sont autorisées qu'un ou deux jours par semaine pendant deux heures et demie ; d'autre part, seules les praires dont la taille dépasse 43 millimètres sont conservées. La sélection se fait à l'œil, mais lorsque le pêcheur a un doute, il vérifie la taille de la praire sur une toise.

⮜ Spécificité de la praire

La praire vit enfouie dans les fonds vaseux. Pour éviter que la drague ne se remplisse de vase, André Le Gall donne des à-coups à l'aide du treuil pendant toute la durée de la traîne.
La manœuvre consiste à régler le plus précisément possible la vitesse du bateau et la longueur du câble qui relie le treuil à la drague en fonction des indications du sondeur. Au virage, la drague est secouée une dernière fois à la surface de l'eau.

Le *Jack Abry II*

Avec ses 46 mètres, ce navire de la Scapêche, rattaché au port de Lorient, se range dans la catégorie des navires industriels (plus de 38 mètres). Il s'agit ici de pêche au large et non de grande pêche, car la sortie a duré moins de vingt jours, neuf jours exactement.

L'ATLANTIQUE NORD
AU DÉPART DE LORIENT

Poète, tu fais bien ! Poète au triste front,
Tu rêves près des ondes,
Et tu tires des mers bien des choses qui sont
Sous les vagues profondes !

La mer, c'est le Seigneur, que, misère ou bonheur,
Tout destin montre et nomme ;
Le vent, c'est le Seigneur ; l'astre, c'est le Seigneur ;
Le navire, c'est l'homme.
Victor Hugo, *Les Contemplations*, Juin 1839.

Lorient est créé à la fin du XVIIe siècle par Colbert, ministre de Louis XIV, en vue de la création de la Compagnie des Indes orientales pour approvisionner le marché français en produits asiatiques. Le site du Faouëdic est choisi pour la construction de la ville nouvelle. Lorient devient rapidement la base de départ et d'arrivée des navires de commerce avec l'Asie (épices, thés, porcelaines, étoffes, soieries, etc.). Son monopole sur les échanges avec les comptoirs d'Afrique, les colonies de Louisiane, des Antilles, de l'océan Indien et de la mer de Chine lui assure une ère de forte prospérité, mais il est aboli par la Révolution en 1790. À l'arrêt de la Compagnie des Indes, Lorient est institué port militaire.
Le trafic du port reprend de façon spectaculaire à la fin du XIXe siècle. La révolution industrielle de la vapeur fait de lui un grand port d'importation de charbon de 1870 jusqu'au début de la Seconde Guerre mondiale. Dans les années 50, une profonde mutation de l'économie nationale et régionale modifie les trafics du port. Lorient devient alors le premier port de commerce de Bretagne. C'est un outil logistique majeur qui contribue fortement au dynamisme de l'économie régionale.

Quant à la pêche, Lorient se classe troisième en valeur en 2007. Les poissons proviennent pour un quart de la pêche artisanale, pour un quart de bateaux étrangers, et pour moitié de la pêche industrielle. Le cabotage représente 65 % du tonnage total. Quant à la pêche fraîche du large, elle provient essentiellement de la flotte de l'armement Scapêche (neuf chalutiers), appartenant à Intermarché. Le poisson débarqué dans ses bases avancées d'Écosse est rapatrié par camion. La langoustine vivante du golfe reste la première espèce du port, ce qui fait de Lorient le premier port langoustinier de France devant Penmarc'h - Saint-Guénolé. Le sabre, la lotte, le lieu noir et la julienne sont ensuite les espèces qui rapportent le plus. Lorient sert également de base avancée à des armements français et espagnols. Le poisson est ensuite expédié par camion à sa destination finale.
La filière pêche compte un total moyen de trois mille emplois directs : sept cents marins, six cent cinquante salariés du mareyage, quatre-vingts à l'exploitation portuaire, mille six cents dans la réparation navale, la logistique « marée », les services divers.

▲ Lochinver (Écosse)
Base avancée du *Jack Abry II*.

Virage
Quelques minutes avant l'arrivée du chalut, le bosco et ses matelots prennent position dans un ordre bien défini en fonction de leurs tâches respectives. De gauche à droite : Georges Riou, Damien Le Foulher, Laurent Troadec, David Le Dantec (à moitié caché), André Belloche, Philippe Bianchetto, Ian Crico et Franck Le Foulher au treuil.

Le bosco

Georges Riou, le bosco, est le maître d'équipage ou chef ramendeur. Il a la responsabilité des bonnes opérations du pont. En plus de son propre travail, il surveille celui des autres matelots et donne les ordres. Son père était déjà marin-pêcheur avant lui à Saint-Pierre-et-Miquelon, où Georges est né. Jusqu'à l'âge de 30 ans, Georges a pêché la morue sur des doris, embarcations typiques de l'île. Avec l'apparition des quotas qui ont supprimé la pêche à la morue dans cette région, il est venu s'installer à Saint-Malo, puis à Lorient, où il a continué son métier de marin-pêcheur. Il est à l'armement Scapêche depuis bientôt quatre années.

▲ Le treuilliste
Des treuils se trouvent de part et d'autre du portique afin de virer les câbles et de remonter le chalut.

▲ Virage du chalut
Ian Crico et David Le Dantec décrochent les bras, ou funes, pour remonter le chalut à bord. Celui-ci sera ensuite viré par l'enrouleur.

▲ Vider le chalut
Une trappe à ouverture commandée, appelée trunk, s'ouvre sur le pont pour laisser le chalut se vider directement dans l'usine, la salle où sera travaillé le poisson.

Arrivée du cul de chalut
À l'arrivée du chalut, chacun prend sa place et exécute les tâches à effectuer, à commencer par le démaillage du poisson. Au premier plan, Philippe Bianchetto.

LE CHALUT DE GRAND FOND

Le chalut de grand fond est utilisé par quelques rares navires spécialisés, appelés chalutiers hauturiers car ils naviguent en haute mer. Les zones de pêche se trouvent en moyenne de douze à vingt-quatre heures de route du port de débarquement. Le *Jack Abry II*, que nous suivons dans ce reportage, navigue au large des côtes écossaises, dans l'océan Atlantique. Traditionnellement, on nommait les marins français qui partaient pêcher la morue dans ces régions les Islandais, et cette zone de pêche est aussi communément appelée la mer d'Islande.

Le chalut de grand fond applique le même principe que le chalut de fond, mais à des profondeurs beaucoup plus importantes. Le *Jack Abry II* partage son temps entre le chalutage de fond, par 300 à 600 mètres de profondeur, et le chalutage de grand fond, entre 600 et 1 200 mètres.

Les sorties en mer (ou bases) s'étalent généralement sur neuf jours. Les équipages effectuent trois bases de suite et bénéficient de neuf jours de repos à terre. Un marin navigue en moyenne deux cent vingt jours par an.

Le poisson frais est débarqué sur une base avancée en Écosse (voir page 184), puis livré par camion à la criée de Lorient pour y être vendu.

Les espèces capturées dans les grands fonds sont principalement le sabre, le grenadier et la lingue bleue. Des quotas très stricts et très contrôlés sont fixés par la Commission européenne.

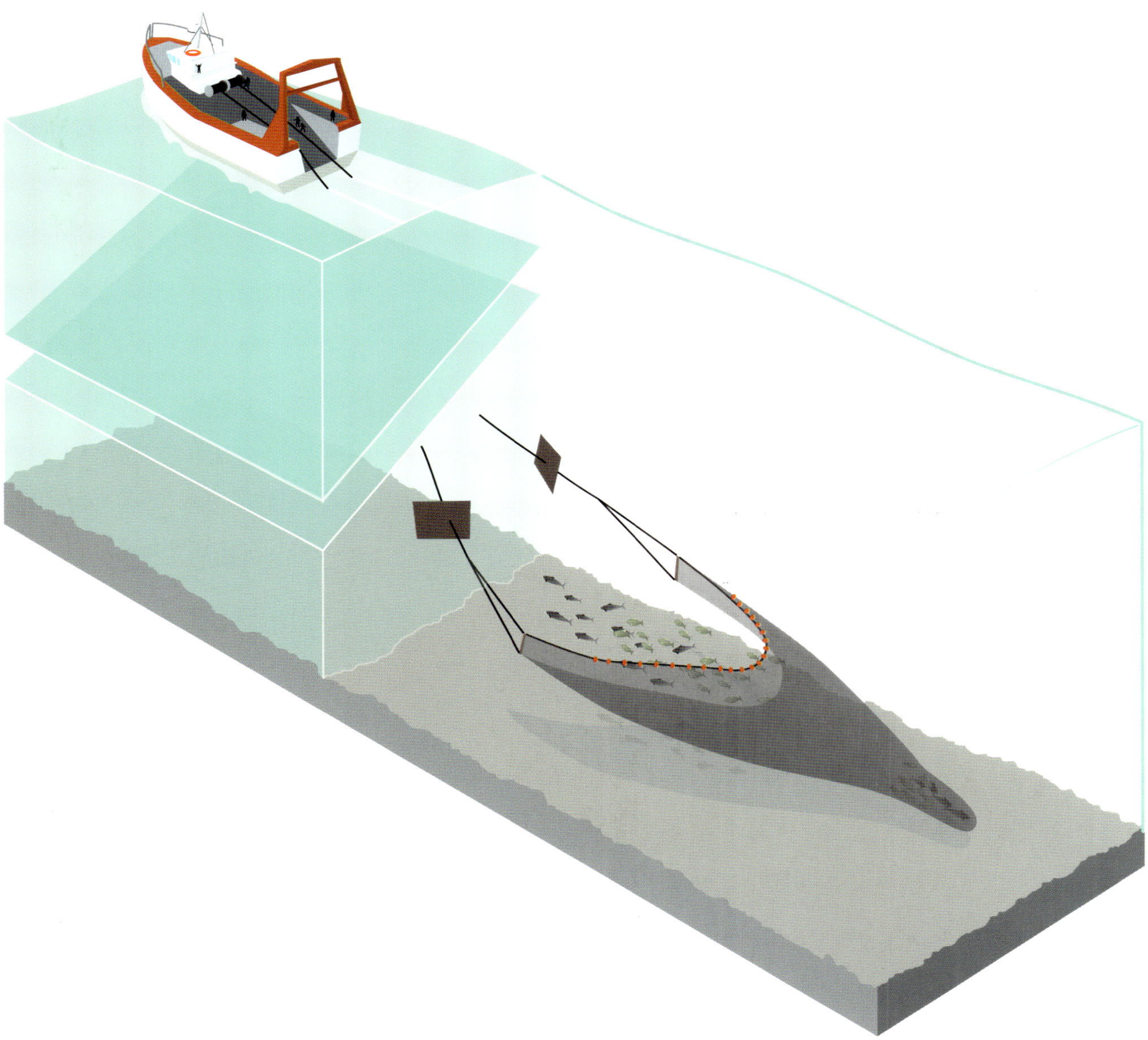

➤ Cadence

Les marins effectuent trois bases de suite, soit presque trente jours de mer, pour une base de repos. Deux mois de congés payés sont accordés par an comme compensation.

Ramendage

Même par force 10, le froid et un navire instable, les matelots sont sur le pont pour réparer immédiatement le chalut abîmé.

▲ Le casque
Les blessures à la tête représentent chaque année 6 % des accidents du travail maritime. Elles sont d'origine diverses : la chute d'un objet de hauteur, le heurt par une masse en mouvement ou contre un obstacle fixe. Les accidents surviennent majoritairement lors des manœuvres de l'engin de pêche (virage et filage) à bord des navires pratiquant les arts traînants (chalut et drague). De ce fait, le port du casque est fortement conseillé aux marins-pêcheurs.

▲ En mouvement

Les marins sont constamment bousculés par la houle. Par gros temps, ce mouvement incessant est encore accentué et les secousses abruptes sont nombreuses. L'équipage doit multiplier ses efforts pour garder l'équilibre et continuer à travailler.

Travail d'équipe

Les métiers de la pêche exigent une grande coordination, à la fois pour des questions d'efficacité et de sécurité. Au cours des longues bases du *Jack Abry II*, l'équipage a le temps de tisser des liens forts de solidarité et d'entraide. Le travail se déroule d'autant mieux que les matelots sont à l'écoute les uns des autres et que le groupe est soudé.

Travail à l'usine

Immédiatement après avoir filé le chalut et déposé la pêche sous le pont, les marins prennent leur poste de travail dans l'usine. Ici, ils étripent le siki, là, ils étêtent le sabre, etc. Le second mécanicien, le graisseur ou le cuisinier viennent prêter main-forte en cas de besoin.

Mise en caisse

Le bosco récupère les caisses remplies de poissons et de glace. Celles-ci sont pesées et étiquetées : le nom du bateau, l'espèce de poisson et leur poids les identifie. Chacune ne contient qu'une seule espèce d'une taille définie.

Le chef mécanicien
Daniel Guihard se trouve ici dans la salle des machines, devant le moteur du navire.

▲ Le graisseur
Jean-Michel Le Roux, ouvrier mécanicien, est ici dans l'atelier de la salle des machines. Avant de s'orienter vers la mécanique, Jean-Michel avait un bateau sur l'île d'Houat où il exerçait son métier de marin-pêcheur, au casier et au filet.

➤ Le mécanicien en second

Sur le banc, au vestiaire

Pascal le cuisinier, Gurvan le second mécano et Damien le jeune matelot sont en pleine discussion… C'est ici que l'équipage enfile son ciré et sa paire de bottes avant de rejoindre le pont. Au retour, les marins s'y attardent pour bavarder.

Le second au carré

Christophe Philippe, 34 ans, second capitaine du *Jack Abry II*, est ici aux côtés du jeune matelot Damien. Lors de la prochaine base, il sera capitaine du navire pendant dix jours car Xavier Léauté débarque pour sa base de repos. Christophe a poursuivi ses études à l'école maritime d'Étel. Il a ensuite effectué une année de formation pour devenir lieutenant de pêche – validée par vingt-quatre mois de navigation. Cinq ans après, il s'est formé au poste de capitaine de pêche.
Il n'y a pas de place réservée mais le matelot revient souvent s'asseoir à la même table. Il y retrouve son couteau et sa bouteille personnelle. Sous les banquettes, une réserve de bouteilles d'eau minérale ou de sodas est à la disposition de chacun.
« La cuisse » (c'est ainsi que l'on nomme le cuistot) prépare trois repas par jour. Le déjeuner est souvent à base de viande et, le soir, le dîner est traditionnellement cuisiné à partir des poissons pêchés dans la journée.

La flotte de la Scapêche

Elle comprend neuf chalutiers de grand large rattachés à Lorient, sept chalutiers artisans au Guilvinec et un palangrier basé à La Réunion. Avec le *Jack Abry II*, deux autres chalutiers mesurent 46 mètres : le *Jean-Claude Coulon II* et le *Mariette Le Roch II*. Les six autres navires hauturiers font 33 mètres de long.

Débarquement

Le *Jack Abry II* fonctionne selon le système des bases avancées et de la rotation d'équipages. La base avancée est un port de débarquement, ainsi nommé car il est plus proche de la zone de pêche que le port d'attache du bateau. Celle du *Jack Abry II* se situe à Lochinver, au nord de l'Écosse ; c'est là qu'est débarquée tous les neuf jours la pêche triée et conditionnée à bord. Le transport de la marchancise s'effectue ensuite par camion jusqu'à Lorient. Ce système permet un gain économique certain, mais le transfert et le rapatriement des hommes est d'autant compliqué. À la Scapêche, il est pris en charge par avion, à la différence d'autres armements qui rapatrient leurs hommes en bus. Cette fois, exceptionnellement, le bateau est rentré à Lorient.

SCAPÊCHE

PÊCHE DURABLE : INITIATIVES ET ENGAGEMENTS...

L'EXEMPLE DE LA SCAPÊCHE

Un dispositif d'écolabellisation se met peu à peu en place dans la filière pêche. Il permet de mettre en avant les mesures prises par le producteur afin de garantir une pêche durable et responsable.

L'Accord de la FAO de 1993 visant à favoriser le respect par les navires de pêche en haute mer des mesures internationales de conservation et de gestion a été repris et complété en octobre 1995 dans le Code de conduite pour une pêche responsable. Ce sont généralement les deux textes qui servent de base à l'élaboration des démarches de pêche responsable.

Ces démarches sont menées par différents protagonistes, c'est pourquoi leurs normes varient beaucoup. Les écolabels au sens strict du terme découlent des Directives pour l'étiquetage écologique du poisson et des produits de pêches de capture marine, émises par la FAO en mars 2005. Le plus connu est le MSC (*Marine Stewardship Council*), identifié par son petit logo bleu. C'est un écolabel d'envergure multinationale, créé en 1997 à l'initiative du groupe Unilever et de WWF. Parallèlement, des étiquetages « pêche responsable » émanant d'entreprises privées ou de distributeurs définissent en interne leurs normes et leur contrôle. C'est le cas de la Scapêche, détaillé ci-dessous.

Au niveau communautaire, la Commission européenne envisage d'encadrer les démarches volontaires d'écolabellisation par un règlement fixant des exigences minimales. En France, l'encadrement des écolabels fait l'objet d'une réflexion menée par l'Ofimer et le CNPMEM qui pourrait aboutir dans les prochains mois. Cette étude a permis d'élaborer une grille de critères contribuant à déterminer les exigences minimales au niveau français.

L'exemple de la Scapêche

Le *Jack Abry II* est armé par la Scapêche (Société centrale des armements Mousquetaires à la pêche), filiale du Groupement des Mousquetaires-Intermarché spécialisée dans la pêche. Premier armateur de pêche fraîche en France, elle développe une éthique d'entreprise fondée sur la citoyenneté et s'efforce d'encourager le développement durable de la filière pêche.

En 2006, les Mousquetaires ont acquis la reconnaissance de Bureau Veritas, organisme de contrôle indépendant, pour leur « légine issue de pêche responsable » pêchée à bord de son palangrier *Ile de la réunion* (la légine est un poisson des mers australes). La démarche « pêche responsable » est une politique volontariste de différenciation positive, inspirée du Code de conduite pour une pêche responsable de la FAO. Ainsi, la pêche de la légine pratiquée par les Mousquetaires répond à quatre principes :

1. la sécurité de la ressource (sélectivité, gestion des stocks...),
2. la sécurité de l'environnement (limitation des pollutions),
3. la sécurité des équipages embarqués, le bien-être à bord,
4. la sécurité sanitaire du poisson (fraîcheur, traçabilité, origine contrôlée...).

L'engagement « pêche responsable » intègre ces exigences à chaque étape de la production et garantit une qualité optimale du poisson. La Scapêche affirme ainsi sa volonté de transparence. La mise en place de la reconnaissance « pêche responsable » lui a permis d'attester de ses bonnes pratiques et de rassurer les importateurs sur l'origine contrôlée et les clients consommateurs de légine. Le but est bien sûr de créer une valeur ajoutée sur la pêcherie et de gagner un argument de vente, mais aussi d'anticiper les réglementations futures concernant la gestion de la ressource. Écologie et commerce peuvent donc faire bon ménage...
La mise en place de la reconnaissance « légine issue de pêche responsable » a nécessité, outre un investissement financier, une forte mobilisation de la part de la Scapêche. Les patrons de pêche ont été formés à cette démarche, ainsi que l'ensemble des services à terre. Cette mission de longue haleine a demandé un suivi rigoureux et l'adhésion de tous les acteurs concernés.
La Scapêche travaille sur l'extension de cette démarche à l'ensemble de sa flotte ainsi que sur d'autres espèces, notamment pour son activité « pêche fraîche » dans les eaux de l'Union européenne. La reconnaissance « pêche responsable » a ainsi été décernée fin avril 2008 par Bureau Veritas à quatre espèces (le lieu noir, le sabre noir, la lingue bleue et la baudroie), pêchées par trois chalutiers Scapêche de 46 mètres.

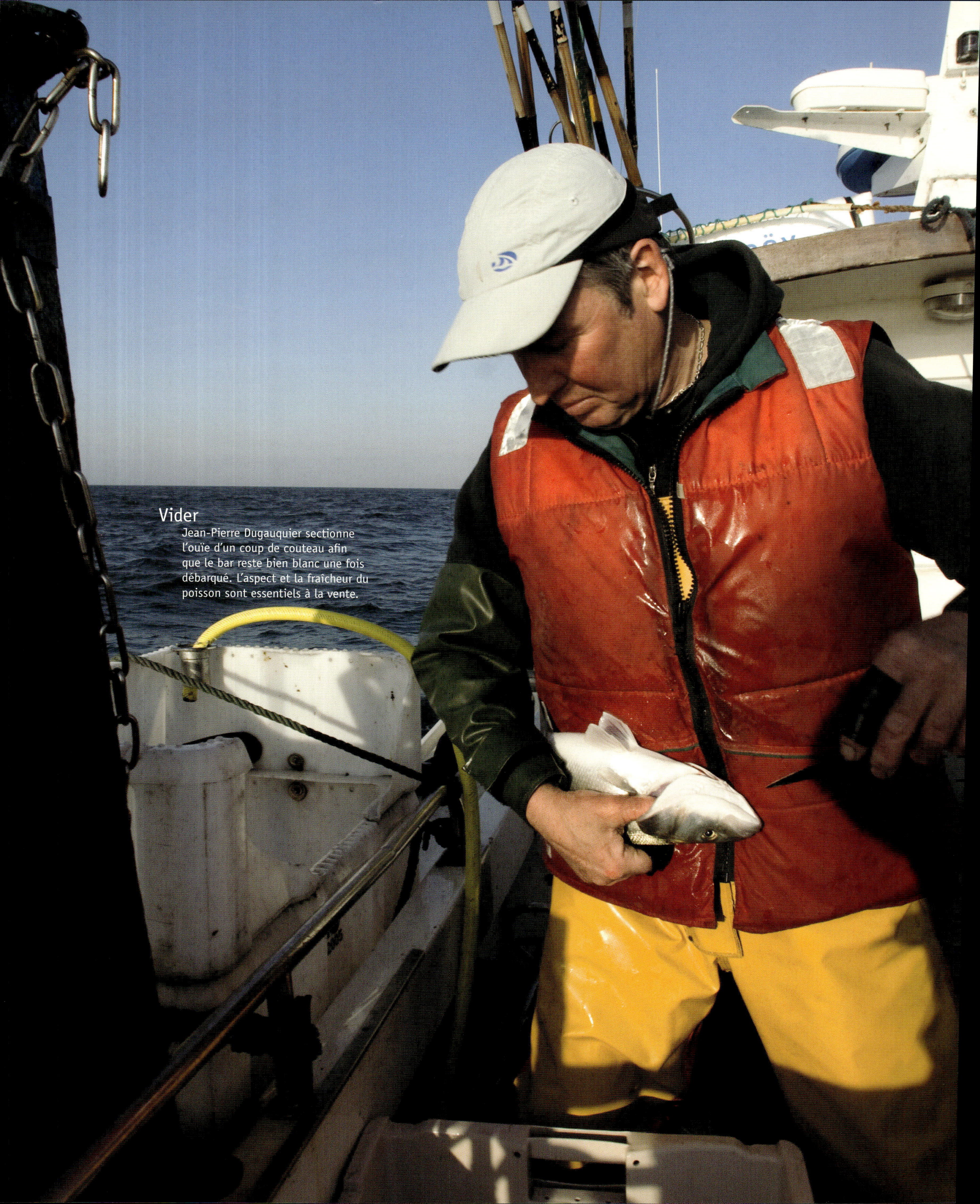

Vider

Jean-Pierre Dugauquier sectionne l'ouïe d'un coup de couteau afin que le bar reste bien blanc une fois débarqué. L'aspect et la fraîcheur du poisson sont essentiels à la vente.

GRAVELINES

Durant des jours et des jours, des jours et des jours,
Nous restâmes figés, sans un souffle, sans un
Mouvement, immobiles autant qu'en peinture
Un vaisseau figuré sur un océan peint.

De l'eau, de l'eau, de l'eau de toutes parts, et toutes
Nos planches, de chaleur, se contractaient : de l'eau,
De l'eau, de l'eau de toutes parts,
Et pas la moindre goutte que nous pussions boire.

Samuel Taylor Coleridge, *Le dit du vieux marin*, 1797.

Le nord de la France est une zone portuaire très importante où se concentrent les échanges entre le nord et le sud de l'Europe. Aujourd'hui, l'activité de pêche dans le département du Nord est basée à Dunkerque. Le port compte une vingtaine de navires, essentiellement des fileyeurs. Comme à Calais, c'est la sole qui est l'espèce-phare.

Gravelines, elle aussi spécialisée dans la sole, tient aujourd'hui une place secondaire. Il ne reste qu'un navire de pêche attaché au port de Grand-Fort-Philippe. Le poisson passé en criée est essentiellement produit par les fileyeurs calaisiens (une dizaine de navires) et quelques dunkerquois.

Cependant, Gravelines a été un port important dans le passé. Au XIIe siècle, c'était avant tout un port de commerce : sel, fruits et vins du Sud-Ouest y débarquaient tous les jours et permirent à la ville de prospérer rapidement. À la fin du XVIIIe siècle, la pêche prit plus d'importance et l'on construisit Grand-Fort-Philippe, un port étendu, sur l'estuaire de l'Aa.

Jusque dans les années 40, la pêche côtière occupait une place prépondérante dans l'économie locale, et surtout, la pêche à la morue constituait l'une des activités principales des marins gravelinois. À la fin du XIXe siècle, à l'apogée de l'activité, toute la région participait à la grande pêche : on estime à 22 000 le nombre de pêcheurs qui s'y embarquaient. Ceux-ci prenaient la mer, souvent en famille, de père en fils. Ils partaient en février à bord des lougres, des goélettes, puis des dundées pour aller pêcher en mer d'Islande, l'une des plus difficiles du monde, pendant six mois. Ils devaient avoir au moins 17 ans, les novices 15 et les mousses une dizaine d'années. Les habitants les encourageaient par un salut rituel, à leur départ et leur arrivée. Le carnaval de Gravelines perpétue cette tradition qui rythmait la pêche « à Islande ».

Une flotte de pêche semi-industrielle résida à Gravelines. De grandes familles d'armateurs firent la fortune de la ville. Le commerce portuaire et la pêche maritime furent prospères jusque dans les années 60, mais les deux guerres mondiales en eurent raison. Gravelines se tourna alors vers l'industrie et le tourisme. Aujourd'hui, les bateaux de plaisance ont remplacé les goélettes ; seuls continuent de naviguer quelques bateaux de pêche.

JEAN-PIERRE DUGAUQUIER SUR L'*ÉMERAUDE*

Marié et père de deux garçons, Jean-Pierre Dugauquier a 48 ans et cela fait maintenant trente ans qu'il pêche. Avec une solide formation maritime (entre autres BTS Intechmer à Cherbourg, capacitaire et brevet de lieutenant de pêche), il commence sa carrière en 1978 en tant que matelot et pêche le bar, le merlan et le congre aux palangres à Belle-Ile-en-Mer et Quiberon. Il pêche également à ses débuts la coquille et le pouce-pied. Jean-Pierre Dugauquier a ensuite embarqué sur un chalutier au large à Concarneau, puis sur un thonier pour pêcher le germon à la ligne de traîne. Il a ensuite eu embarqué sur le premier palangrier automatique Mustad en France, la *Belle-Poule* à Cherbourg. Jean-Pierre Dugauquier choisit alors de suivre un bateau d'Audierne, le *Mater Christi*, pour faire la saison de coquille à Boulogne, et l'été le chalut à langoustine au Silver, en mer du Nord.
Sa soif de connaissance le ramène sur terre pour travailler au bassin d'essais de l'Ifremer pendant trois ans. Il achète ensuite son premier bateau en 1989 et se consacre depuis au bar de ligne, à la traîne ou à la palangre : il atteint ainsi le but qu'il s'était fixé depuis l'âge de 18 ans. Il a toujours voulu se mettre à son compte. Depuis, Jean-Pierre Dugauquier navigue au large de Boulogne ou des côtes anglaises jusqu'à la frontière belge pour pêcher le bar et exceptionnellement du lieu jaune et du cabillaud. L'hiver, il va parfois commander des *long liners* (navires qui utilisent de très longues lignes pour pêcher le thon et l'espadon) dans le Pacifique ou l'océan Indien.
La ligne est toute sa vie... Plus qu'une technique de pêche, c'est un mode d'existence : seul à bord, avec peu de matériel pour privilégier la qualité exceptionnelle du poisson et le respect de la ressource et du milieu marin. La prémonition de l'arrivée du bar, l'excitation de la touche jusqu'à la prise finale, sont pour lui des sensations hors norme. En plus de la ligne de traîne, Jean-Pierre Dugauquier utilise parfois des palangres, un chalut à lançons (petits poissons qui servent d'appâts) et très rarement un bout de filet. Il sort entre cent vingt et cent quarante jours par an.

Son embarcation, un Lochin 33 (9,90 m X 3,50 m), est un bon bateau, très marin en parfait état malgré ses 20 ans ; Jean-Pierre Dugauquier l'entretient le mieux possible. Il avoue qu'il aurait aimé fabriquer un bateau neuf, mais étant donné la réglementation actuelle, c'est mission impossible...
Jean-Pierre Dugauquier se dit conscient des risques liés à la navigation : « Seul à bord, on est obligé de s'organiser pour travailler en sécurité, ça fait plus de quinze ans que j'utilise un gilet flottant... » Il ajoute : « Mais il ne faut pas y penser tout le temps, autrement on reste à la maison. »
L'électronique a fortement amélioré les conditions de pêche : « On est plus précis et plus performant, mais on en voit le bout car tout le monde a tout et la concurrence est d'autant plus rude. » De moins en moins libre, de plus en plus de monde sur l'eau, des moyens technologiques parfois démesurés... « Il faut se remettre en question en permanence, rien n'est acquis, le poisson réserve toujours des surprises. » Il déplore une réglementation complexe qui a bien du mal à maintenir le système à flot. « On paie aujourd'hui le manque de clairvoyance de certains politiques ou technocrates européens, qui ont favorisé à coup de subventions le développement d'une flottille dont la puissance ou le mode de pêche était en inadéquation avec une pêche durable. Maintenant, on en subit les conséquences d'autant plus que certains paramètres comme le gasoil ne font qu'empirer les choses. Pêcher plus pour payer les frais ? C'était hier, aujourd'hui c'est pêcher moins avec plus de frais. »
Les ligneurs sont un peu en marge du système car cela fait longtemps qu'ils pratiquent la pêche durable dont on parle tant aujourd'hui, qu'ils valorisent leur technique de pêche, la qualité du poisson et qu'ils utilisent des labels. « Mais nous ne représentons pas grand-chose et on est très vulnérables face à l'augmentation de l'effort de pêche et à l'envahissement actuel de la bande côtière et des zones de pêche par la multiplication croissante des embarcations de plaisances. Même les ports de pêche les plus authentiques cèdent du terrain face au développement inexorable du monde du loisir et de l'argent. Quant au bar, son prix fait qu'il est l'objet de toutes les convoitises et la réglementation actuelle, qui n'impose aucune limite sur les quantités pêchées en plaisance, incite certains à en faire un commerce et une activité illégale qui nuit à l'ensemble des plaisanciers et à la filière toute entière. Alors, si rien ne change, l'avenir, je préfère ne pas y penser. »
Jean-Pierre Dugauquier conclut : « À bord, je suis bien, une ligne à la main, à sentir le poisson. Mais les journées de vraie liberté sont de plus en plus rares et la réalité terrestre est de plus en plus présente en mer... »

I USE
NAVIONICS
ELECTRONIC CHARTS

Un sport de précision…

La technique de la ligne traînante est très exigeante : elle demande beaucoup de concentration et d'observation. Elle se pratique seul la plupart du temps, et le pêcheur n'utilise qu'une seule ligne à la fois. C'est pour toutes ces raisons que la ligne de traîne est aussi prestigieuse.

… et d'observation

Le ligneur de bar doit interpréter les éléments naturels pour choisir son lieu et ses jours de pêche. Les coefficients de marée sont les principaux indices, les grandes marées étant les plus propices à la pêche au bar. La bonne saison pour le bar est la période estivale, mais on continue à pêcher à la traîne jusqu'en septembre ou octobre.

▲ Les appâts
Jean-Pierre ne travaille pas avec des appâts frais. Ceux-ci sont des faux, on les appelle des leurres.

➤ Une pêche circonscrite
Certaines régions étant difficiles pour les ligneurs de bar, ils se concentrent sur quelques zones du littoral français, la plus prestigieuse étant celle du raz de Sein.

Attrapé !
Un bar s'est laissé prendre.

LA RECHERCHE, MAILLON INDISPENSABLE D'UNE PÊCHE DURABLE

Les progrès technologiques tels que sondeurs, sonars, radars et outils de localisation par satellite ont permis une exploitation croissante des ressources halieutiques. En outre, l'amélioration des matériaux des coques, des filets et des hélices ont largement accru la performance des armements.

Aujourd'hui, face à la nécessité de préserver les ressources halieutiques en raréfaction, la sélectivité des engins de pêche s'affirme comme essentielle. Différents procédés sont déjà utilisés : modification de la profondeur des palangres, emploi de mailles carrées pour les chaluts, capteurs électroniques pour reconnaître les espèces... Les experts de la FAO insistent sur la nécessité de mener des recherches plus poussées sur la transformation du matériel de pêche et sur les méthodes de prévention des prises accessoires, sans trop altérer les performances des engins.

Les projets de recherche financés par l'Union européenne se déploient en trois axes prioritaires : l'amélioration des outils scientifiques de gestion et d'évaluation de la ressource, le développement de l'aquaculture, et l'amélioration de la qualité et de la compétitivité.

En France, l'Ifremer agit à deux niveaux : écologique ou biologique (analyse des ressources), puis économique.
Une grande partie de son effort de recherche se rapporte à l'étude des populations marines exploitées et des écosystèmes. L'objectif est de mieux connaître l'évolution naturelle de ces populations et leurs réactions à la pêche, en vue de proposer, sous différentes options, des modes d'exploitation durables. Un logiciel de numérisation des chaluts simule dans ce but les modifications concernant à la fois les économies d'énergie et la réduction de l'impact des éléments traînants.
Un second aspect de la recherche porte sur les effets réels (par rapport aux effets attendus) d'une réglementation, d'un engin ou de nouvelles modalités. L'Ifremer a notamment mis au point un logiciel de simulation spatial et saisonnier qui décrit la dynamique des ressources, de l'exploitation et de la gestion. Il constitue un outil d'évaluation des mesures de gestion des pêcheries comme les TAC, les contrôles sur l'effort de pêche ou les Aires marines protégées. L'analyse de la différence entre ce qui est prévu et ce qui est réellement en train de se produire permet d'envisager des solutions d'ajustement.

Un autre volet des activités de l'Institut concerne la réaction des écosystèmes aux changements de grande ampleur, comme le réchauffement climatique, dont les déterminants sont indépendants de la pêche, et le plus souvent, des choix humains à court terme. Cette observation entre également en jeu pour concevoir une pêche durable.
À la pointe du développement de l'aquaculture, les expérimentations de l'Institut ont aussi permis l'instauration de plusieurs filières aquacoles. Ce volet d'action s'accompagne de l'expertise des systèmes de productions actuels et de la place de l'aquaculture dans le cadre du développement de la zone côtière.

L'étiquette
Elle est immédiatement rivetée sur le bar. Elle est la preuve que le poisson a acquis le label « bar de ligne » du Nord Pas-de-Calais.

➤ Débarquement

Jean-Pierre débarque sa pêche et l'installe dans sa camionnette frigorifique pour la livrer à la criée ou directement chez de gros mareyeurs.

L'équipage

Le système économique de cet armement est assez original puisque Patrick Nicolay (absent à bord) est à la fois armateur et transformateur (cuisson des bulots, conditionnement, etc.).

DIEPPE

J'ai toujours eu l'impression de vivre en haute mer, menacé, au cœur d'un bonheur royal.
Albert Camus, « La mer au plus près. Journal de bord » dans *L'Été*, 1954.

En Haute-Normandie, les pêcheries harenguières sont apparues dès l'an 800 et sont restées importantes jusqu'à la fin du XIXe siècle. Au début du XVIe siècle, les terre-neuvas normands se sont lancés dans les eaux glaciales de Terre-Neuve pour pêcher pendant de longs mois la morue et, plus tard, la baleine. Ils utilisaient des doris, ces petites embarcations pointues aux extrémités, légères et très maniables. Cette époque de grande pêche a fait la richesse et la renommée de la région. Depuis la fin des années 50, la Haute-Normandie s'est tournée vers la coquille Saint-Jacques, qui est maintenant le produit phare de la région. Cependant, les quatre ports de pêche haut-normands, Dieppe, Le Tréport, Fécamp et Le Havre, regroupent des métiers très divers, en pêche artisanale et en pêche industrielle.
La pêche est le socle de l'identité maritime dieppoise. Premier port de pêche de France jusqu'en 1830, Dieppe approvisionne les tables parisiennes en poissons frais. Sa renommée transparaît dans le slogan « poisson dieppois, poisson de choix », et dans la fameuse recette de la « sole à la sauce dieppoise ». Aujourd'hui, premier port de pêche de la région Haute-Normandie et premier port de France pour la coquille Saint-Jacques, Dieppe est réputée pour son importante flottille : les quatre cent cinquante-trois marins-pêcheurs se répartissent sur cinquante bateaux (dont trente-quatre coquillards, quatre chalutiers et neuf fileyeurs). En 2007, la production s'élevait à 3 680 tonnes de poissons et de crustacés variés. Parmi eux, la célèbre *Pecten maximus*, ou coquille Saint-Jacques, tient à elle seule la moitié du marché, elle est pêchée du 1er octobre au 15 mai. La sole, le bar, le cabillaud, l'encornet, le turbot, le hareng, le maquereau, le merlan et la roussette sont également mis en vente directement après avoir été débarqués.
Toutes ces espèces sont achetées par l'intermédiaire des criées de Dieppe et Fécamp, ou bien des halles du Tréport et du Havre, par les mareyeurs de la région. Ces derniers se chargent de ravitailler les poissonniers et les grandes surfaces qui effectuent la distribution. La criée a été informatisée, ce qui lui a permis d'améliorer ses ventes. La pêche et l'ensemble des activités (criée, mareyage, transformation et distribution) pratiquées à Dieppe contribuent ainsi au développement économique de tout le littoral haut-normand.

Après l'effort…
La discussion sur la pêche aux bulots continue, d'un navire à l'autre.

Les boëttes

Dès le départ à 6 heures du matin, alors que le bulotier s'éloigne de la rade de Dieppe, René Clapisson et son équipage coupent de la roussette, qui doit être bien fraîche pour fonctionner comme appât.

RENE CLAPISSON SUR LA *PRINCESSE DES MERS II*

À 43 ans, René Clapisson – ci-dessous – a déjà près de trente ans de carrière derrière lui car marin-pêcheur a été son premier emploi, à l'âge de 14 ans. Il s'est formé à l'école des mousses de Fécamp et obtient son Certificat d'apprentissage maritime pêches (CAM), diplôme qu'il complétera en 2005 par le certificat de capacité à patronner. Il a pratiqué la drague à la coquille Saint-Jacques, le chalut et la pêche côtière avant de devenir le patron du caseyeur *Princesse des Mers II*, sur lequel il pêche les bulots.
« Quelle technique de pêche préférez-vous ?
– Le chalut. C'est sur un chalutier que j'ai le plus appris et qu'il y a le plus de découvertes à faire, d'après moi. »
La *Princesse des Mers II* a 2 ans. Son équipage est composé de trois matelots, en plus de René Clapisson. Le caseyeur sort à peu près trois cent trente-cinq fois par an. Notre capitaine dit ne pas penser aux risques du métier.

Au cours de sa carrière, il retient de nombreux changements, mais c'est la hausse du gasoil qui lui vient d'emblée à l'esprit. Puis viennent le prix du poisson inchangé depuis trente ans et bien sûr, les quotas à respecter. René Clapisson estime que la gestion de la ressource est bien faite mais il n'est pas pour autant optimiste en ce qui concerne l'évolution du métier.
S'il a commencé tôt, René Clapisson n'est pas pour autant issu d'une famille de pêcheurs. À Bracquemont, ses parents étaient fermiers. Il a choisi ce métier par amour de la mer et pour l'évasion. Il suppose qu'il pourrait faire un autre métier, mais ne voit pas lequel, et il est certain dans tous les cas qu'il ne le ferait pas de bon cœur... Aujourd'hui, il est marié et a trois enfants qui se dirigent également vers les métiers de la pêche.

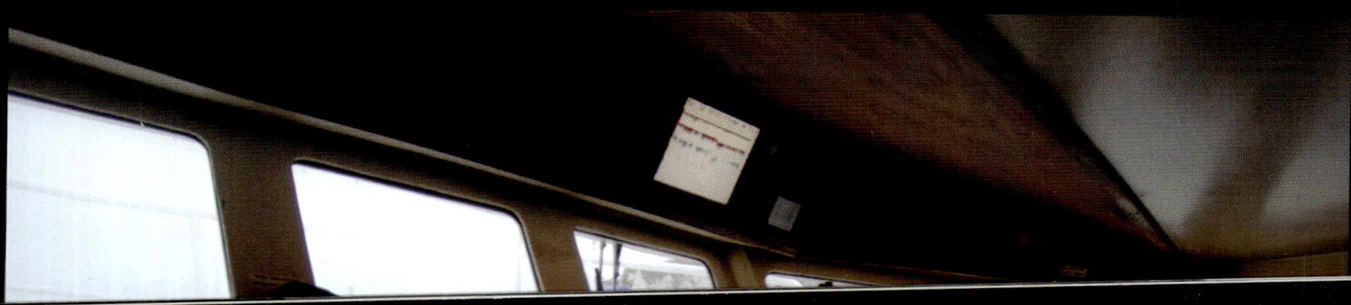

L'EUROPE BLEUE

Les poissons ne connaissent pas les frontières, franchissant les océans lors de leur migration, ils constituent un bien commun à partager. De fait, la plupart des stocks des eaux communautaires sont exploités par plusieurs pays de l'Union européenne. Si cette réalité signe l'interdépendance des pêcheurs, elle lie aussi étroitement le devenir de cette ressource naturelle à une organisation commune. Créée en 1983, l'Europe bleue, outil de gestion de la Politique commune de la pêche, vise ainsi à assurer la durabilité des activités de pêche dans les eaux de l'Union européenne en tenant compte de la nécessaire pérennité des stocks. Différents outils contenus dans la réglementation communautaire permettent d'atteindre ces objectifs.

Totaux admissibles de capture (TAC) et quotas

Basés sur les recommandations du Conseil international pour l'exploration de la mer (CIEM), ils sont destinés à maintenir l'équilibre ou le renouvellement des stocks. Les TAC, décidés chaque année en décembre par le Conseil Pêche, déterminent les quantités maximales de poissons qui peuvent être prélevées sur une espèce particulière, dans une zone précise pendant une période donnée. Ils sont ensuite répartis, lors de négociations, par état membre sous la forme de quotas ou droits de pêche. Susceptibles de varier d'une année sur l'autre (au mieux - 15 % mais dans certaines circonstances - 40 %, ou même une fermeture définitive du quota, comme cela a été le cas pour l'anchois en 2008 dans le golfe de Gascogne), ils sont difficiles à respecter pour les marins-pêcheurs.

Limitation de l'effort de pêche

L'importance numérique de la flotte et le progrès technologique qui a accru la performance des navires de pêche sont considérés comme une cause de surpêche. Afin de limiter l'effort de pêche (ensemble des moyens de capture mis en œuvre par un navire pendant une période donnée et dans une zone déterminée) plusieurs mesures sont applicables : fixation d'un nombre maximal de jours de pêche par zone et par engin de pêche, délivrance d'un permis de pêche spécial indiquant les conditions de pêche (zone, durée, types), retrait permanent des navires ou cessation temporaire des activités de pêche. La gestion de la flotte entre aussi dans ce dispositif. En France, des permis de mise en exploitation (PME) régulent l'entrée en flotte des navires des entreprises de pêche. Chaque état est soumis, depuis le début des années 90, à une obligation de réduction, condition d'octroi de subventions. Depuis le 1er janvier 2005, les subventions à la construction sont interdites. Le Fonds européen pour la pêche (FEP), qui remplace l'ancien Instrument financier d'orientation de la pêche (IFOP) depuis le 1er janvier 2007, autorise les subventions sous certaines conditions. Les aides publiques européennes se concentrent aujourd'hui sur les mesures de modernisation concernant la sécurité à bord, l'amélioration de la sélectivité et de la qualité de la production. Le Fonds européen soutient aussi la diversification et la reconversion de zones de pêche touchées par la diminution de la ressource.

Réduction des prises accessoires et élimination des rejets

Les navires capturent des espèces non ciblées par leur pêche (crustacés, oiseaux, mammifères marins, tortues). Ces prises accessoires sont majoritairement rejetées en raison de leur faible ou non valeur commerciale, parce qu'elles sont protégées ou soumises à des quotas ou taille minimale de capture. Paradoxalement, des espèces faisant l'objet de réglementation sont ainsi rejetées mortes en mer. De plus, ces prises importantes, provoquant une réduction des stocks, ne sont pas comptabilisées et leur impact n'est donc pas mesuré. Selon les spécialistes, l'effort de pêche trop conséquent est la cause principale des hauts niveaux de prises accessoires (8 % selon la FAO, soit plus de 7 millions de tonnes) : la pression de la pêche affaiblit la biomasse du stock et augmente la proportion de juvéniles et d'espèces non ciblées dans les filets. La réduction de l'effort de pêche est donc envisagée par deux mesures principales. La première est la fermeture temporaire « en temps réel » de zones dans lesquelles une grande proportion de juvéniles est observée. La seconde est l'obligation pour chaque navire de se diriger vers une autre zone de pêche lorsque ses captures excèdent un maximum acceptable de prises accessoires. D'autres mesures devraient intervenir à terme : l'encouragement du développement technologique et de l'adaptation des pratiques afin d'améliorer la sélectivité, et la définition de taux maximum acceptables de prises accessoires qui rendraient progressivement les rejets illégaux.

Des mesures techniques

Des mesures techniques accompagnent ces dispositifs. Définies par zones géographiques, elles concernent la fixation d'un maillage minimal pour les filets, la délimitation de zones et de saisons de fermeture, la fixation d'une taille minimale de certaines espèces capturées. Des mesures, qui combinées, semblent un véritable casse-tête pour les marins-pêcheurs...

Le Rendement maximal durable (RMD)

Ce nouvel instrument de gestion des pêches s'inscrit dans une vision à long terme. La fixation de la quantité maximale exploitable d'un stock au fil des années, sans mettre en danger sa capacité à se régénérer, doit assurer la pérennité des ressources pour plusieurs générations de pêcheurs. Le RMD est la valeur maximale au-delà de laquelle toute augmentation de l'effort de pêche se traduit par une diminution du rendement. La fixation de ce taux de pêche « raisonnable » étudié par les scientifiques, repose sur différents critères prenant en compte la mortalité par pêche, des paramètres biologiques (mortalité naturelle, croissance, reproduction...) et la modification des écosystèmes (changement climatique, pollution). Ces taux de prélèvement seront régulièrement réévalués en fonction de l'évolution de la productivité des stocks. Le RMD ne se substitue pas aux TAC et quotas.

Au niveau national

L'État français a pour mission de faire appliquer et de contrôler l'application de la réglementation européenne à travers son propre dispositif régalien. Il conserve le droit d'adopter des mesures de gestion nationales, en concertation avec le CNPMEM. Enfin les comités régionaux et locaux des pêches maritimes et des élevages marins (CRPMEM et CLPMEM) conservent un pouvoir de gestion (licences, gisements) et mettent en œuvre des réglementations, en particulier dans le cadre des pêcheries côtières.

L'accès aux eaux côtières (sous juridiction nationale), dans la limite des 12 milles des côtes, est réservé aux pêcheurs locaux et aux navires de pêche d'un autre pays de l'Union européenne qui ont des droits historiques. Au-delà de 12 milles, l'accès est libre pour tous les bateaux de l'Union européenne.

➤ Au port

La remontée de la pêche s'effectue à l'aide d'un treuil. Il est alors 14 heures environ

Le *Jimorhan*

Le navire de pêche capture alternativement la sardine et le chinchard. Les bolincheurs du Finistère sont surtout connus pour la qualité de leurs sardines.

CONCARNEAU

Ô vague, ô mer, patrie des insurgés, voici ton peuple qui ne cédera jamais. La grande lame de fond, nourrie dans l'amertume des eaux, emportera vos cités horribles.
Albert Camus, *L'État de Siège*, 1948.

Concarneau est située en Cornouaille, dans le sud du Finistère. La ville est centrée autour de ses remparts et de son port. Pendant longtemps, la pêche a été sa principale activité. Aujourd'hui, le tourisme s'est de plus en plus développé et la construction navale joue désormais un rôle important. Les Chantiers Piriou construisent des bateaux de pêche, des bateaux d'assistance pour les plates-formes pétrolières et des bateaux à passagers.
Au quatrième rang des ports de pêche français en valeur des captures débarquées et premier port thonier européen pour le thon tropical, la flottille de Concarneau compte dix chalutiers hauturiers de 30 à 35 mètres, huit chalutiers artisans de 17 à 24 mètres, vingt et un chalutiers de pêche côtière de 9 à 16 mètres, neuf bolincheurs de 15 à 21 mètres et vingt-cinq thoniers senneurs congélateurs de 51 à 82 mètres. Les thoniers senneurs débarquent à Dakar, Abidjan, Madagascar, l'archipel des Seychelles... Ils capturent de 3 000 à 8 000 tonnes par navire et par an. Le reste de la flottille est constitué d'unités de pêche côtière polyvalente (fileyeurs, caseyeurs, dragueurs, ligneurs...).
Langoustines, merlus, raies, lottes, limandes, lieux, cabillauds mais aussi sardines, sprats, anchois, coquillages et crustacés sont pêchés toute l'année au large de Concarneau, ainsi que le thon germon de juin à septembre. La durée moyenne d'une marée est au plus de 14 jours pour les chalutiers hauturiers. Ils rapportent, en moyenne, 15 à 30 tonnes de poissons divers selon les saisons et secteurs de pêche. L'essentiel du poisson de chalut est commercialisé frais par les mareyeurs et les poissonniers détaillants.
L'augmentation du tonnage après quatre années consécutives de baisse est due aux bancs de poissons bleus, à portée de Concarneau en 2007. Cependant, cette pêche à faible prix explique le net recul du prix moyen du port. La lotte et la langoustine arrivent *ex æquo* en tête des ventes. Loin derrière, l'églefin, le merlu et le cabillaud viennent ensuite en valeur. La pêche au large a reculé, en partie en raison des restrictions sur les quotas concernant les poissons de grand fond. En trafic, après les apports de poissons bleus (sardine, anchois, maquereau, thon blanc germon...), la langoustine vivante demeure une espèce de toute première importance.
Le musée de la pêche de Concarneau décrit les traditions maritimes. Situé dans le cadre exceptionnel de l'enceinte de la ville close, le musée retrace l'histoire des pêches du monde entier grâce à des maquettes, engins de pêche, aquariums et chalutier à flot. Le visiteur est accueilli par le proverbe chinois : « Si je te donne un poisson, je te donne à manger pour un jour ; si je t'apprends à pêcher, je te donne à manger pour toujours. »

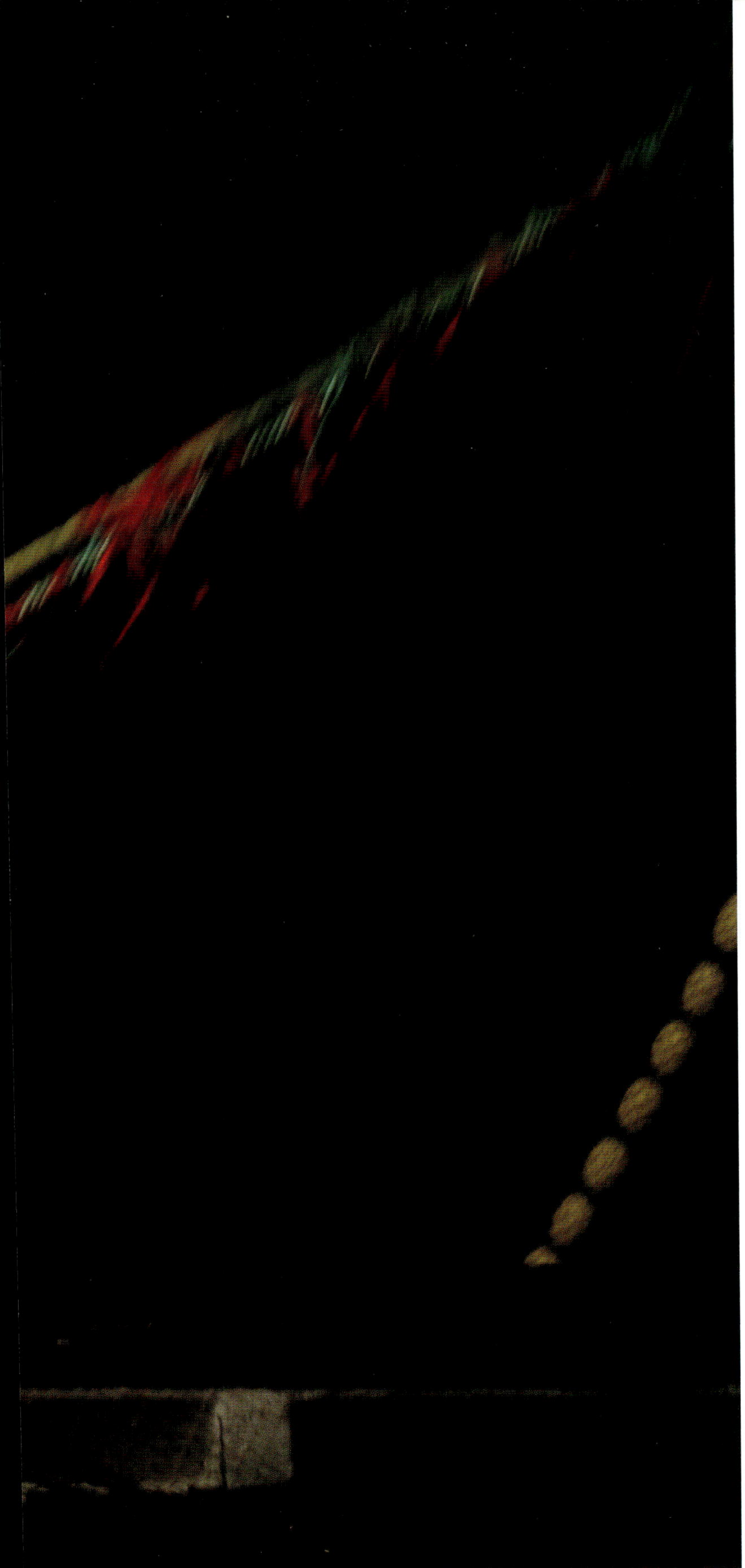

Sur le pont

Le filet arrive. Mètre après mètre, il est soigneusement rangé pour que l'équipage puisse le virer dans de bonnes conditions la fois suivante.

Coordination
La bolinche exige une organisation irréprochable et un équipage nombreux. Le *Jimorhan* compte six personnes à son bord.

Filage

La bolinche mesure 360 mètres de long et 75 mètres de haut. Pour la filer, les marins effectuent une manœuvre bien précise qui demande l'effort de tout l'équipage.

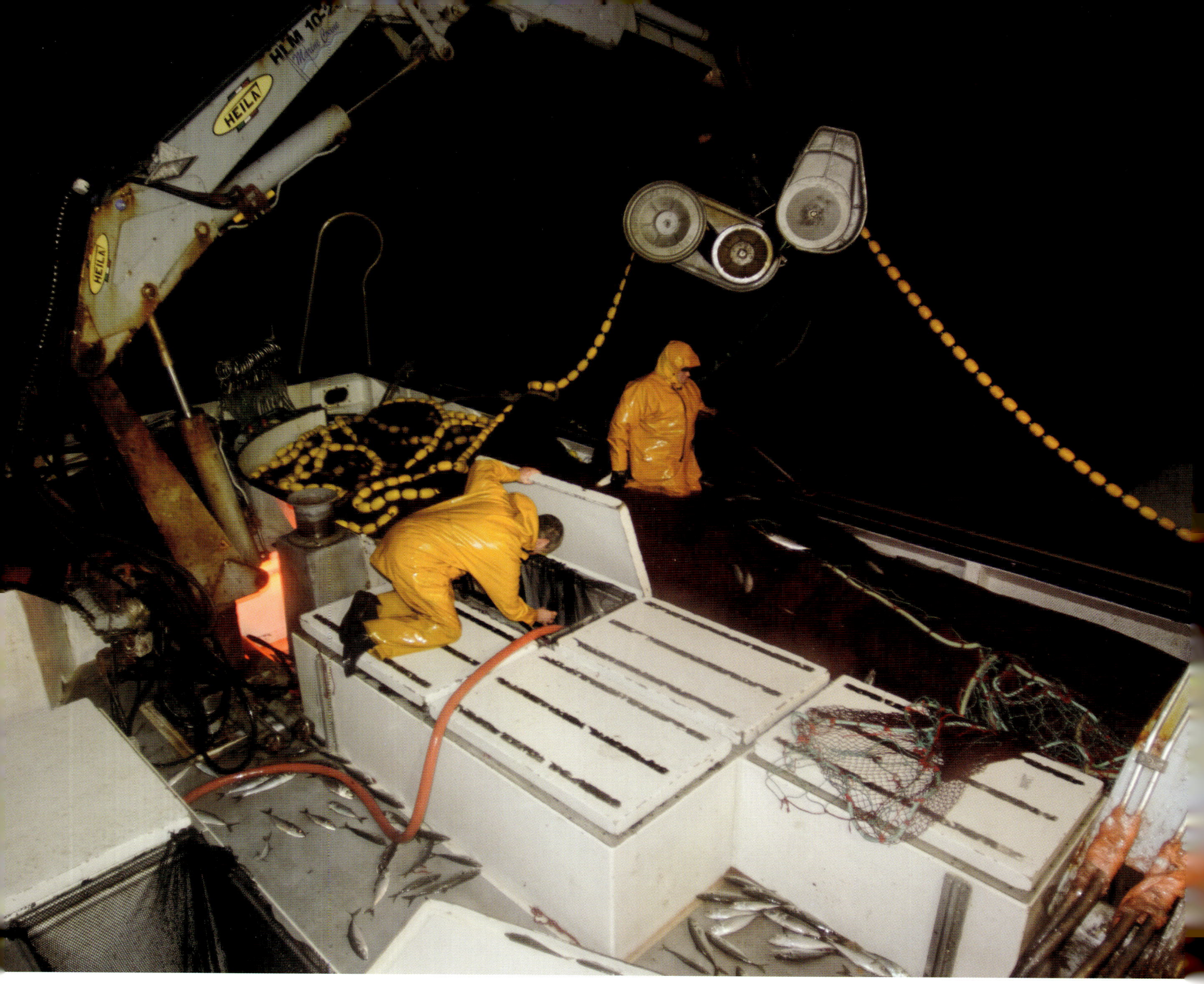

▲ **Des cales à zéro degré**
Les cales sont remplies d'eau de mer et réfrigérées à zéro degré. Daniel ajuste le niveau d'eau et le vérifie à la lampe électrique. Le poisson – en arrivant dans les cales – sera instantanément tué par le froid. Cette technique permet de parfaitement conserver son aspect et sa saveur.

⮝ Rangement
Sébastien et Manuel rangent la coulisse et les margouillets.

MICHEL MILLOUR SUR LE *JIMORHAN*

Michel Millour a fait l'École d'apprentissage maritime et a commencé à pêcher dès l'âge de 16 ans. À Concarneau, on est marin-pêcheur de père en fils. Bien que Michel Millour n'ait pas connu son père comme marin-pêcheur car il était trop petit, le métier est tout de même venu à lui comme une évidence. Il débute en tant que matelot sur un chalutier, puis sur un caseyeur. Il commence la bolinche dès 1980, d'abord quatre ans comme matelot, puis il achète son premier navire en 1985. Après un naufrage et la revente d'un navire, il fait construire son propre bolincheur en 2004, le *Jimorhan*.

Michel Millour a toujours vécu à Concarneau ou ses alentours, et la ville est restée son port d'attache. L'équipage du *Jimorhan* est constitué de six personnes: deux mécaniciens et quatre matelots. Il effectue environ deux cents sorties par an.

« Est-ce que vous pensez souvent aux risques liés à votre métier?

– Tout le temps. »

Depuis les années 70, Michel Millour reconnaît qu'il y a eu de grands progrès au niveau de l'équipement, de la sécurité et de la technologie. La pêche est facilitée et son débarquement aussi. Alors que la criée avait autrefois des heures d'ouverture restreintes, il est aujourd'hui possible de débarquer le poisson et de l'entreposer dans les chambres froides à toute heure. Grâce à un conditionnement rapide et sécurisé et de meilleures façons de stocker, la qualité est bien meilleure qu'au début de sa carrière.

Par contre, Michel Millour regrette les nouvelles réglementations, tant au niveau européen qu'aux niveaux local, régional et national: « C'est un vrai panier de crabes!

– Et que pensez-vous de la gestion de la ressource?

– On la médiatise à l'excès et on a tendance à caricaturer la situation. On confond raréfaction et extinction des espèces. N'importe qui se permet d'en parler, sans forcément connaître les réalités du terrain, et parvient même à se faire entendre. Je pense que cela concerne uniquement les marins-pêcheurs et que l'on doit régler ce problème entre nous.

– Vous n'êtes pas très optimiste quant à l'avenir de votre métier?

– Je ne suis pas pessimiste de nature, mais il y a en ce moment un tel flou artistique qu'il est difficile de ne pas l'être. En tant que marins-pêcheurs, on ne maîtrise rien. On nous impose toute une série de mesures sans qu'on ait voix au chapitre. »

De ce fait, Michel Millour regrette ce qui lui plaisait autrefois dans le métier: la liberté.

Quant à savoir s'il aurait pu exercer une autre profession, il ne s'est jamais posé la question...

◀ En pleine action
Michel Millour participe au filage de la bolinche.

▶ La salabarde
Michel plonge ensuite une grande épuisette, la salabarde, dans le banc de poissons.

OÙ SONT LES FEMMES ?

Assise sur une bitte
d'amarrage, elle pleure
son homme qui la quitte.
La mer, c'est son malheur.
Renaud, *Dès que le vent soufflera*, 1983.

Femmes de marins

À la figure du marin en partance vers de nouveaux horizons et vers son destin lorsqu'il embarque pour une nouvelle campagne de pêche correspond celle poignante de l'épouse restée à terre. Maints récits ont dressé le portrait de ces femmes, courageuses, pétries de l'angoisse d'un retour incertain dont de récents naufrages disent toujours l'actualité. Le foyer est hanté par l'absence, rythmé par les retours épisodiques de l'époux, du père.

Si l'attente est réelle, elle n'est pas vacuité. À l'éducation des enfants, la gestion du foyer, s'ajoute souvent une participation à l'entreprise familiale. Lorsqu'elles n'assument pas une profession différenciée, les femmes travaillent aux côtés de leur conjoint. Si certaines activités qui leur étaient traditionnellement dévolues – ramendage, fabrication des filets – tendent à disparaître, elles ont souvent en charge la comptabilité si particulière des bateaux, participent à la logistique à terre ou à la commercialisation. On estime que deux tiers des armements artisanaux sont ainsi soutenus par le travail non rémunéré des femmes des marins. Elles n'ont pourtant obtenu que récemment un statut social (loi pêche de 1997) dit « statut de conjoint collaborateur », bien après les femmes d'agriculteurs, d'artisans, de commerçants (ce statut ne concerne ni les concubines, ni les pacsées). Il leur permet de bénéficier d'un droit à la retraite, d'une indemnité de remplacement en cas de congé maternité ou d'adoption, et d'un mandat général d'administration courante afin de représenter l'entreprise dans l'ensemble de ses intérêts économiques. Mobilisées dans la marche et l'avenir de l'entreprise, elles ont souvent pris une part décisive aux actions de contestation des marins-pêcheurs, notamment lors de la crise de 1993-1994, due à la baisse simultanée des captures et des prix.

L'action des femmes gagne aujourd'hui en visibilité, avec la création d'associations et de réseaux AKTEA, Réseau européen des organisations de femmes de la pêche et de l'aquaculture ou en France, la Fédération interrégionale des femmes du littoral qui a œuvré pour l'obtention d'un statut juridique aux conjointes de patron pêcheur. Ces structures relayent le désir d'une reconnaissance de leur rôle social et économique et expriment leur volonté de participer aux processus de décision, notamment par leur intégration dans les instances professionnelles.

Les femmes dans la filière pêche

Les résultats du rapport Mac Allister, présentés à la Direction générale de la pêche à Bruxelles en janvier 2003, lèvent un voile sur la situation des femmes dans un milieu très masculin. Au sein de la Communauté européenne, les femmes représentent 22 % des emplois de la filière pêche : aquaculture, commercialisation des produits de la mer et transformation, soit environ 84 000 femmes qui sont majoritairement cantonnées à des postes subalternes. Elles constituent près de 60 % de la main-d'œuvre dans l'industrie de la transformation et près de 30 % dans l'aquaculture. Dans le secteur de la capture, elles représentent 6 % des emplois. En France, 2 % des marins-pêcheurs sont des femmes.

▲ 12 tonnes

Les 12 tonnes de chinchards pris dans la bolinche prennent place dans les cales du bateau. Le chinchard mesure en moyenne 30 centimètres de long. Il est très répandu dans tous les océans et vit en banc sur les fonds sableux ou vaseux des zones côtières.

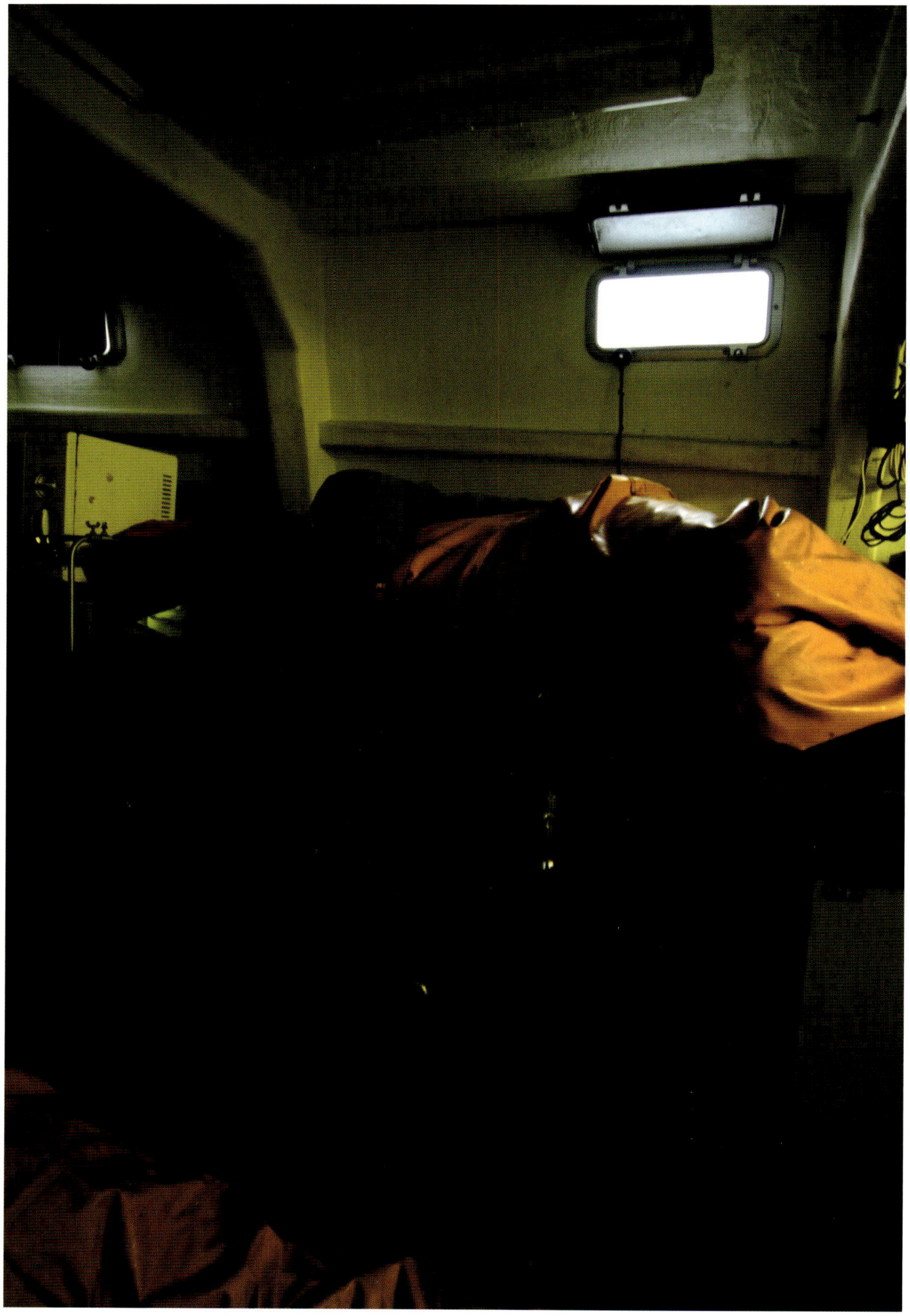

Dans l'attente

Un bolincheur peut virer son filet une dizaine de fois par marée… ou jamais. Seul le patron du navire décide du virage de la bolinche, après avoir traqué les bancs de poissons avec un sonar et un sondeur. En attendant, les marins discutent, mangent ou se reposent dans le carré, au son du moteur. Quand le bateau ralentit brutalement, c'est le signal d'un nouveau virage : tous se précipitent alors sur le pont.

HEILA
HEILA
HLM 3-2S

La criée de Concarneau

La pêche est débarquée dès l'arrivée du *Jimorhan* sur les quais de la criée, ce lundi matin à 6 h 30. Raymond recouvre les chinchards de glace et Daniel déplace les bacs à l'aide du transpalette, pendant que les autres membres de l'équipage continuent le débarquement à terre. Selon leur qualité, les poissons sont vendus à la criée ou directement aux usines de transformation.

Le *Louis-Gaëtane II*
Bateau en bois de 25 mètres de long, il est abrité par le port de Sète, premier port de pêche des côtes françaises de la Méditerranée.

SÈTE

Ces trois hommes qui se tenaient là vivaient depuis leur enfance sur ces mers froides, au milieu de leurs fantasmagories qui sont vagues et troubles comme des visions. Tout cet infini changeant, ils avaient coutume de le voir jouer autour de leur étroite maison de planches, et leurs yeux y étaient habitués autant que ceux des grands oiseaux du large.
Pierre Loti, *Pêcheur d'Islande*, 1886.

Baigné par la mer Méditerranée et l'étang de Thau, Sète est un port d'intérêt national, au onzième rang des ports français avec 3,6 millions de tonnes traitées en 2005. À proximité des routes maritimes entre Suez et Gibraltar, c'est aussi une plateforme importante pour toute l'Europe du Sud. Premier port de pêche en Méditerranée, elle est au centre des échanges entre l'Espagne et l'Europe du Nord.

Appelée « l'île singulière » ou encore « l'île bleue », Sète a son identité culturelle propre et affiche sa vocation maritime : c'est le seul port de Méditerranée française installé au cœur de la ville. Louis XIV avait chargé son ministre Colbert de trouver une rade pour les galères royales et d'y créer un port d'exportation des produits du Languedoc. Le Cap de Sète fut alors identifié comme le site le plus approprié pour la création d'un port. Les travaux commencèrent dès 1666 avec l'édification du môle Saint-Louis. Cette jetée longue de 650 mètres protège l'entrée du vieux port et offre un abri aux bateaux depuis le XVIIe siècle. Aujourd'hui, les chalutiers et thoniers sont amarrés en plein centre, et les restaurants, installés sur le quai de la Marine, offrent un choix de spécialités sétoises à base de poissons et de crustacés.

Avec cent trente-quatre chalutiers, dix-sept thoniers senneurs et une trentaine de petits métiers, la flottille de pêche sétoise est récente et bien équipée. Les petits métiers pratiquent une pêche artisanale en mer et étang. Quant à la pêche au thon, elle s'effectue de mars à décembre, dans un nombre maximal de jours de pêche autorisé afin de sauvegarder les ressources. Les marins-pêcheurs de Sète ont également amélioré la qualité de leur pêche en remorquant le thon vivant vers des zones de stockage ou d'élevage, aux larges des côtes espagnoles. Enfin, la barque catalane d'antan a peu à peu cédé sa place aux chalutiers modernes. La pêche s'effectue à environ 40 milles des côtes, soit à deux heures de navigation.

À l'entrée du vieux port se trouve la criée. Elle est située près de l'endroit où les navires débarquent leur pêche. Grâce à son informatisation, elle vend de 1 500 à 3 000 lots de poissons frais bleus et blancs par jour. En valeur, le port est un gros producteur de merlu et de poulpe ; viennent ensuite le loup, le maquereau et la daurade. Alors que le poisson blanc (de fond) se vend en criée, le poisson bleu (pélagique) se vend davantage directement au consommateur sur le port. En 2007, les apports s'élevaient à 8 553 tonnes.

L'équipement vestimentaire
C'est essentiel pour un marin-pêcheur. Les brassières protègent les avant-bras de l'humidité et du froid.

▲ Premier filage sur le *Louis-Gaëtane II* à l'aube
Après le départ à 2 heures du matin et plusieurs heures de route, l'un des matelots se met aux manettes du treuil pour mettre à l'eau le chalut.

SATHO

Filage

Les boules de chalut aident les plaques à maintenir le filet ouvert. Le marin étire le chalut pour faciliter la manœuvre du filage.

Le risque de « croche »

C'est la bête noire des chalutiers : l'accrochage brutal du chalut entier sur un obstacle (épave, rocher...). Cela peut faire immédiatement chavirer le bateau en faisant entrer une grande quantité d'eau à l'arrière. Dans ces cas-là, certains chalutiers larguent automatiquement leur chalut grâce à des dispositifs de sécurité.

▲ Virage

➤ Le chalut est vidé
Après avoir ouvert le cul de chalut, un treuil soulève le grand filet qui se vide de sa capture. Le poisson est ainsi en place à côté des caisses, prêt à être trié.

PIERRE D'ACUNTO SUR LE *LOUIS-GAETANE II*

Enfant du pays, Pierre d'Acunto a toujours été marin-pêcheur. Marchant dans les pas de son père, il commence à pêcher avec lui très jeune sur le *Louis-Gaëtane I*. Il fait l'école maritime entre 14 et 15 ans, puis pêche la sole au tramail, le thon à la senne ; l'été la sardine à la senne tournante, au lamparo et l'hiver au chalut. Il passe son CAP pour devenir patron de pêche à 19 ans, ainsi que son permis de mécanicien. À 49 ans, il est proche de la retraite et se contente de son chalutier en bois pour des raisons pratiques, même s'il préférerait pêcher le semi-pélagique qui nécessite de se déplacer plus et de connaître les poissons bleus.

Petit-fils d'immigrés napolitains arrivés entre les deux guerres, Pierre d'Acunto est issu d'une famille de marins-pêcheurs, d'aussi loin qu'il puisse remonter. Son père en mer, sa mère vendait le poisson à la halle couverte de Sète. Si ses filles n'ont pas pris le chemin de la mer, son gendre est lui marin-pêcheur !

Le *Louis-Gaëtane II* a aujourd'hui 25 ans, mais Pierre d'Acunto l'a acheté neuf : « J'en suis satisfait et c'est un bon bateau en bois, je l'ai entretenu tout au long de ma carrière du mieux que j'ai pu. » Grâce à son permis de mécanicien, il le répare lui-même. Il a réuni un équipage de trois marins qu'il paye à la part. Il gagne environ 17 000 € par an, à raison de 15 heures par jour pour deux cents à deux cent vingt sorties par an, suivant la météo.

« Comment avez-vous choisi d'être marin-pêcheur ?

– Mon père ne m'a pas obligé mais il m'a fait comprendre que si je voulais une mobylette, il faudrait que je mette la main à la pâte… Il m'a montré les filets et c'est comme ça que tout a commencé. Au début, ça fait rêver, mais à l'approche de la retraite, ça pèse un peu… » Un peu plus tard, il admet tout de même que le métier est vite devenu pour lui une véritable vocation et qu'il n'aurait pas pu faire autre chose… La liberté, le grand air sont pour lui essentiels, et si les tâches sont répétitives, le métier n'en est pas pour autant monotone car chaque jour, chaque trait de chalut, est différent et réserve des surprises.

À la question « Est-ce que vous pensez souvent aux risques liés à votre métier ? », Pierre d'Acunto répond sans hésitation « Il ne faut pas y penser ». Au cours de sa carrière, il reconnaît que certaines choses se sont améliorées : les pratiques et la qualité du poisson grâce à des progrès techniques considérables, une modernisation de la flottille et une amélioration de la sélectivité. Quant à la quantité, elle varie selon les périodes : « Il y a trois ou quatre ans, la ressource était fatiguée, mais aujourd'hui, ça va mieux. »

En tant que prud'homme de pêche et porte-parole du comité de vigilance des chalutiers en Méditerranée, Pierre d'Acunto veut faire entendre les préoccupations des marins-pêcheurs. Lors de la flambée des prix du gasoil en 2008, il s'est battu pour obtenir une détaxation à la pompe : « En 2000, le gasoil représentait entre 10 et 15 % de mon budget. Aujourd'hui, j'en suis à 50, voire 70 % ! ». De plus, les réglementations européennes ne prennent pas en compte, selon lui, les particularités de chaque pêcherie. Par exemple, la mer est très salée dans le golfe du Lion, les poissons sont de ce fait matures plus jeunes et leur croissance est empêchée. Ces poissons, pourtant matures, sont interdits à la pêche du fait de leur taille. L'Union européenne restreint donc beaucoup les marins-pêcheurs, et pas toujours raisonnablement. Tout cela donne au patron de pêche l'impression d'être de plus en plus sous tutelle. Il prédit de la casse et du changement alors qu'il faudrait plutôt donner aux marins-pêcheurs les moyens de se reconvertir. Pierre d'Acunto reste donc très pessimiste sur l'avenir de la profession…

Trier

Le tri dure environ deux heures, en fonction de la production du trait. Il s'effectue après chaque virage, en même temps qu'a lieu une nouvelle traîne et, pour le dernier trait, durant le retour au port. Il est moins pénible quand il peut se faire debout. Sans bouger de leur place, les marins lancent les poissons dans les caisses correspondantes.

Toutes les espèces

Ce chalutier pêche de tout ; il y a autant de caisses disposées sur le pont que d'espèces de poissons pêchées.

➤ Rafraîchir

Chaque caisse de poisson est passée à l'eau de mer afin de conserver une bonne présentation de la pêche à la criée. Les demoiselles de mer, en bas de l'image, sont des poissons très appréciés des Italiens.

▲ Petit moment de répit entre deux traits
Dans la cabine de pilotage. Pierre d'Acunto (en orange) est le patron du *Louis-Gaëtane II*.

➤ Débarquement du poisson
Il s'effectue autour de 15 heures.

➤ Petite visite
Le père de Pierre d'Acunto (à gauche avec la casquette), lui-même marin-pêcheur à la retraite, vient rendre visite à son fils lors du débarquement de la pêche.

ST-613327

La criée de Sète

Les caisses qui servent à trier le poisson se retrouvent telles quelles à la pesée de la criée de Sète, à peine trente minutes après le débarquement. Au premier plan, les mareyeurs font leur marché.

Cinéma et littérature ont abondamment trempé la figure du marin dans la force des embruns, la violence de la houle, imprimant sur son visage buriné l'expression de la rudesse des éléments. Héritier des Vikings, du capitaine Achab dans sa quête de Moby Dick, il est, comme l'écume à la vague, associé à cette iconographie. Et si de nombreuses formations diplômantes préparent aujourd'hui à cette profession, elle semble toujours le fruit d'une transmission, comme si cette relation à la mer, conquise d'un long et prégnant dialogue, ne pouvait s'hériter que de père en fils, ou par l'intermédiaire d'un rituel, relevant davantage d'un pouvoir, avec ses connotations magiques, que d'un savoir-faire. La mythologie liée au milieu marin – cet océan primordial souvent considéré comme hostile et dangereux avec les monstres qui habitent ses profondeurs – n'y est sans doute pas étrangère.

Mais la faculté des marins à vivre en mer, comme nous vivons sur terre, à vivre en mer et sur terre, à maîtriser les codes qui régissent ces deux univers différenciés, contribue sans doute à en faire des « êtres à part ». Le milieu terrestre que nous pratiquons est largement balisé de panneaux prompts à nous indiquer notre chemin alors que la mer reste une énigme pour le commun des mortels. Les marins parviennent, eux, à décrypter cette toponymie invisible. S'il existe un paysage sous-marin avec ses failles, ses plateaux, la surface des océans abolit tous les reliefs, ou n'en offre que de fugitifs, souvent menaçants, signes de tempête et du combat à mener. Le marin semble puiser dans cet élément liquide dont il a fait son territoire des outils matériels, mais aussi idéels – perceptions, informations, figurations – qui façonnent sa géographie mentale. Les panneaux quadrillant villes et villages ne se contentent pas d'informer le voyageur égaré sur l'itinéraire à suivre, publicitaires, ils nous rappellent à nos fonctions de consommateurs. La mer ne dit rien, elle semble ne représenter que la part impalpable du monde. Michelet s'inscrit pourtant en faux dans ce qui nous semble une évidence : « La terre est muette, et l'Océan parle. [...]. Il dit la vie, la métamorphose éternelle. Il dit l'existence fluide. Il fait honte aux ambitions pétrifiées de la vie terrestre. » (*La mer*, 1983).

L'horizon, la mer et le ciel œuvrent de concert pour reproduire à l'infini un même champ visuel jusqu'à la monotonie. Mais le voyage n'est pas de plaisance et l'aventure se concentre dans les mailles du filet. Le maniement des engins de pêche, les manœuvres de levage, de filage, l'entretien et la conduite du bateau, la remontée du poisson rythment le quotidien du marin-pêcheur. Le goût du large, l'autonomie, l'attrait du travail en équipe sont mis en avant pour les prétendants à la profession. Mais on ne peut remettre en cause la pénibilité de ce métier qui a du mal aujourd'hui à susciter beaucoup de vocations. Pourtant, il a forgé des hommes qui n'échangeraient leur vie contre aucune autre...

➤ Laisser « filer » le chalut
Il faut compter environ trois heures pour un trait entier. À noter aussi sur cette photo, le ciré vert : c'est une spécificité de la Méditerranée.

POISSONS, COQUILLAGES ET CRUSTACÉS

Cet inventaire n'est pas exhaustif des espèces consommées. Les animaux présentés ici sont ceux le plus fréquemment évoqués dans l'ouvrage.

ANCHOIS – *Engraulis encrasicolus*
Taille commune : 12 à 14 cm.
Mode de vie : grégaire en bancs compacts, migrateur.
Milieu : pélagique.
Zones de vie : mer du Nord, Atlantique et Méditerranée occidentale.
Saison de pêche : d'avril à septembre.
Taille minimale de capture : 10 à 12 cm selon les zones.
Répartition de pêche par pays : Espagne, Portugal (côtes et Açores).
TAC : 8 000 t. Quota de pêche : France 0.
La pêche à l'anchois, qui s'effectue principalement au chalut pélagique, est interdite par la Communauté européenne depuis 2 ans (2007-2008) dans le golfe de Gascogne afin de garantir sa survie. L'Ifremer estime son stock à 30 000 tonnes, alors que le seuil de viabilité écologique est de 33 000 tonnes. Réchauffement, acidification des océans et pêche intensive sont responsables de sa disparition.

ANGUILLE D'EUROPE OU ANGUILLE COMMUNE – *Anguilla anguilla*
Taille commune : 30 à 50 cm.
Mode de vie : grégaire, migration de reproduction.
Milieu : benthique principalement, alternativement en eau douce et en eau de mer.
Zones de vie : zones côtières Atlantique, Méditerranée et cours d'eau, estuaires, étangs de l'Europe et de l'Afrique du Nord, reproduction en mer des Sargasses.
Saison de pêche : d'avril à octobre, civelle d'octobre à mai.
Taille minimale de capture : varie selon les zones, environ 12 cm.
Pas de décret communautaire. Pas de TAC ni quota européen.
Les civelles, ou pibales, sont les alevins des anguilles. En moins de 40 ans, leur perte est estimée à 99 % du stock de 1970. Protégée depuis 2007 dans le cadre de la convention sur le commerce international des espèces sauvages menacées d'extinction, l'espèce fait l'objet d'un règlement communautaire en vue de la reconstitution de son stock (obligation de revente de 35 % des captures de moins de 20 cm à des fins de repeuplement, contrôle des importations et exportations, plan de gestion de son habitat naturel...). Au niveau national, des décrets en Conseil d'état définissent les conditions de capture par bassin.

ARAIGNÉE – *Maja squinado* ou *Maïa squinado*
Taille commune : 12 cm
Mode de vie : grégaire, migration de descente sur des zones d'hivernage d'une profondeur supérieure à 50 m.
Milieu : benthique, de 0 à 120 m.
Zones de vie : Atlantique Nord, de l'Irlande à la Guinée, et une partie de la Méditerranée.
Saison de pêche : pointe d'avril à juin.
Taille minimale de capture : 12 cm.
Répartition de pêche par pays : France, principal pays producteur d'araignées L'essentiel des captures provient de la Manche Ouest, puis Royaume-Uni (1 000 à 2 000 t), les îles anglo-normandes (500 à 1 000 t), l'Irlande (200 à 400 t), le Portugal (50 à 100 t), la Croatie (moins de 100 t) et la côte marocaine.
Pas de quota de pêche mais une licence obligatoire.
La capture de l'araignée, qui se pratique au casier ou au filet, nécessite une licence de pêche aux crustacés. Elle constitue aussi une prise accessoire des chalutiers. Le chalutage de fond, pratiqué d'août à octobre en Manche Ouest, est responsable de la destruction de plusieurs centaines de tonnes d'araignées en mue ou venant de muer.

BAR COMMUN – *Dicentrarchus labrax*
Taille commune : 40 cm, jusqu'à 100 cm.
Mode de vie : en bancs ou solitaire selon les périodes de sa vie, migration saisonnière.
Milieu : bentho-pélagique.
Zones de vie : Atlantique, du nord-est de la Norvège au Maroc, Méditerranée et mer Noire.
Saison de pêche : toute l'année, en hiver pour les chalutiers.
Taille minimale de capture : 36 cm, 25 cm en Méditerranée.
Aucune réglementation communautaire.
Le bar, dont les essais d'élevage ont débuté en France dans les années 70, fait partie des quelques espèces « pionnières » de l'aquaculture marine. Les alevins d'écloserie français sont exportés partout en Europe. En voie de raréfaction à l'état sauvage, il se pêche à la palangre ou aux filets, au chalut de fond et au chalut pélagique, lors de sa reproduction en hiver.

BARBUE – *Scophthalmus rhombus*
Taille commune : 30 à 60 cm.
Mode de vie : grégaire en petits groupes, sédentaire.
Milieu : benthique, côtes sableuses ou mixtes jusqu'à 75 m de fond.
Zones de vie : côtes de l'Atlantique, depuis le nord du Maroc jusqu'en Norvège, Méditerranée et mer Noire.
Saison de pêche : interdiction dans certaines zones du 1er juin au 31 juillet.
Taille minimale de capture : 23 à 30 cm selon les zones.
Répartition de pêche par pays : mer de Norvège, mer du Nord, mer Noire.
TAC turbot et barbue : 4 263 t. Quota de pêche : France 99 t.
La barbue est un poisson plat très proche du turbot avec lequel elle peut s'hybrider en milieu naturel. Elle est pêchée au chalut et au filet à grandes mailles.

BULOT OU BUCCIN – *Buccinum undatum*
Taille commune : 4,5 à 7 cm.
Mode de vie : grégaire en gisements, sédentaire avec des déplacements limités.
Milieu : benthique, de la côte jusqu'à une centaine de mètres de profondeur.
Zones de vie : Atlantique Nord, côte est et ouest.
Saison de pêche : toute l'année, avec une baisse en été et des réglementations selon les zones. En Manche, de la mi-novembre à fin mars.
Taille minimale de capture : 4,5 cm.
Répartition de pêche par pays : gisements localisés, en France, essentiellement de la côte ouest du Cotentin, de Granville à Carteret.
L'Irlande est le principal producteur.
Aucune réglementation communautaire.
Le bulot s'enfouit dans les fonds de sable et de vase. Il se pêche au casier par une flottille de caseyeurs. L'accès à cette pêcherie est régi en France par un système de licences.

Chinchard – *Trachurus trachurus*
Taille commune : 30 cm.
Mode de vie : grégaire, en bancs, migrateur.
Milieu : pélagique, zones côtières.
Zones de vie : Atlantique, Méditerranée, Manche, océan Indien, mer Rouge.
Saison de pêche : toute l'année avec une pointe en été.
Taille minimale de capture : 15 cm.
Répartition de pêche par pays : Pays-Bas, Espagne et Danemark.
TAC : 272 819 t. Quota de pêche : France 8 480 t.
Le chinchard se pêche comme le maquereau à l'aide de plumes, de leurres ou de traîne de surface. La bolinche ou senne tournante sont également utilisées, comme pour la sardine. Il peut être le poisson cible ou constituer une prise accessoire de la pêche aux maquereaux. Le chinchard fait partie des poissons bleus, il peut servir d'appât pour les carnassiers (congre, ha, roussette…).

Colin ou merlu – *Merluccius merluccius*
Taille commune : 50 cm.
Mode de vie : grégaire, migrations liées au cycle de reproduction.
Milieu : démersal, entre 0 et 1 000 m de profondeur.
Zones de vie : le long des côtes du continent européen, de la Norvège à la Mauritanie et Méditerranée.
Saison de pêche : majoritairement de mars à juillet.
Taille minimale de capture : 27 à 30 cm selon les zones.
Répartition de pêche par pays : la France et l'Espagne sont les deux plus importants exploitants.
TAC : 61 045 t. Quota de pêche : France 28 416 t, Espagne 19 650 t.
Le merlu vit à proximité du fond le jour et s'en éloigne la nuit pour chasser. Il est capturé au filet, au chalut ou à la ligne. Après un plan d'urgence, face à sa raréfaction, un plan de restauration du stock (notamment par une augmentation de maillage à 10 cm) est en cours depuis 2004. Le TAC est en augmentation (43 900 t en 2006, 61 045 t en 2008).

Crabe tourteau ou crabe dormeur – *Cancer pagurus*
Taille commune : 14 cm.
Mode de vie : solitaire, sédentaire et migrations chez les femelles.
Milieu : benthique, fonds rocheux ou sablonneux (femelle) en zone côtière puis, adulte, dans les eaux plus profondes.
Zones de vie : Atlantique, de la Scandinavie au Maroc.
Saison de pêche : toute l'année, surtout en automne pour la France.
Taille minimale de capture : 11,5 à 14 cm de carapace en largeur, mesurée dans sa plus grande dimension.
Répartition de pêche par pays : sud de la Norvège, autour des îles Britanniques et de l'Irlande, Manche et nord du golfe de Gascogne.
Aucune réglementation communautaire.
Dans les eaux communautaires, la pêche du tourteau est assujettie à l'obtention d'un permis de pêche spécial encadré par une limitation par pays et par zone. En France, la diminution du stock lui vaut de figurer sur la liste des espèces prioritaires pour le contrôle des tailles et calibres minimaux. Une licence de pêche délivrée par les Comités régionaux des pêches est obligatoire. Le tourteau se pêche au casier.

Crevette nordique ou crevette rouge – *Pandalus borealis*
Crevette bouquet – *Palaemon serratus*
Taille commune : bouquet : 10 cm ; nordique : 5 à 13 cm.
Mode de vie : grégaire, migrateur.
Milieu : benthique.
Zones de vie : nordique : Atlantique Nord-Ouest et Nord-Est, y compris les mers de Norvège, de Barents et du Nord, Pacifique ; bouquet : mer du Nord, Manche, Atlantique et Méditerranée.
Saison de pêche : toute l'année.
Taille minimale de capture : nordique : non réglementée ; bouquet : en France, 3 à 5 cm selon zone et date d'ouverture.
Répartition de pêche par pays : crevette nordique : Danemark (10 793 t), France, Suède.
TAC : crevette nordique : 40 604 t. Quota de pêche : France 3 300 t.
Grise, rose ou blanche, le terme « crevette » désigne des crustacés appartenant à cinq familles différentes. L'Asie et l'Amérique fournissent des crevettes d'eau chaude (crevettes tropicales – *Penaeus spp.*) qui représentent 86 % de la production mondiale. L'Amérique du Nord et l'Europe sont les principaux fournisseurs de crevettes d'eau froide. Elles sont pêchées par des chaluts de fond à panneaux et aux casiers. La Chine et la Thaïlande dominent l'aquaculture (dans ce cas, la crevetticulture) ; celle-ci est responsable d'accélération de l'érosion côtière, d'appauvrissement et de pollution des eaux par la destruction d'écosystèmes fragiles comme les mangroves…

Congre – *Conger conger*
Taille commune : 200 cm.
Mode de vie : grégaire, migration pour la reproduction.
Milieu : benthique, en bordure de côte, dans les rochers, les failles ou dans les fonds meubles, de la surface jusqu'à plus de 3 000 m de profondeur.
Zones de vie : de la mer du Nord à l'Atlantique central (Maroc, Canaries), Méditerranée.
Saison de pêche : toute l'année, avec une baisse en été.
Taille minimale de capture : pas de taille communautaire, 58 cm en France.
Pas de réglementation communautaire.
Le congre se pêche surtout à la palangre de fond, à la palangre à congre et aussi à la ligne, à la nasse et accessoirement au chalut entre 200 et 300 m de profondeur. La famille des *Congridae* comprend plusieurs espèces de congres. Le congre des Baléares (40 à 50 cm) n'est présent qu'en Méditerranée et en Atlantique Sud, à partir du Portugal.

Daurade royale – *Spars aurata*
Taille commune : 20 à 50 cm
Mode de vie : grégaire en bancs puis solitaire une fois adulte, sédentaire.
Milieu : démersal, littoral rocheux et hauts fonds, de la côte jusqu'à 30 m de profondeur.
Zones de vie : Atlantique Nord-Est, des îles Britanniques (très rare) jusqu'au Sénégal, Méditerranée et mer Noire.
Saison de pêche : au printemps et à la fin de l'automne.
Taille minimale de capture : 19 cm.
Aucune réglementation communautaire.
Roses, gris ou dentés, dix-sept poissons ont droit aujourd'hui à l'appellation de daurade. Capturée avec la daurade grise à la ligne mais aussi au filet maillant et à la palangre, la daurade royale est préservée si sa consommation reste modérée. Du reste, elle figure en première place de l'aquaculture marine en Méditerranée. La production en aquaculture a aujourd'hui dépassé la production de capture de 1993. La France est le 4e producteur de juvéniles de daurades exportés vers les principaux pays producteurs : Grèce, Turquie, Italie, Espagne.

Églefin ou aiglefin ou haddock – *Melanogrammus aeglefinus*
Taille commune : 50 cm.
Mode de vie : grégaire, migrateur.
Milieu : démersal, fonds rocheux, sableux ou graveleux de 80 à 200 m.
Zones de vie : Atlantique Nord-Est.
Saison de pêche : toute l'année avec une pointe de septembre à mai.
Taille minimale de capture : 27 à 30 cm selon les zones.
Répartition de pêche par pays : principalement Royaume-Uni (44 790 t), France.
TAC : 73 915 t. Quota de pêche : France 11 300 t.
Péché au chalut à panneaux, à la palangre et aux filets maillants, l'églefin est le plus souvent vendu en filets. Fumé, il porte le nom de haddock. Son stock est en forte diminution et l'aquaculture au stade expérimental.

Empereur ou hoplostète orange – *Hoplostethus atlanticus*
Taille commune : 40 à 75 cm.
Mode de vie : grégaire en bancs, migrateur.
Milieu : pélagique, de 100 à 1 800 m de profondeur.
Zones de vie : Atlantique Est, de l'Islande au Maroc, océan Indien Centre et Sud, Pacifique Ouest, au large de la Nouvelle-Zélande, Pacifique Est, au large du Chili.
Saison de pêche : toute l'année.
Répartition de pêche par pays : France, Irlande, Royaume-Uni, Espagne.
Taille minimale de capture : pas de taille minimale communautaire.
TAC : 194 t. Quota de pêche : France 89 t.
La pêche de l'empereur est soumise à la détention préalable d'un permis de pêche spécial (PPS). Elle s'effectue avec des chalutiers hauturiers équipés de matériels adaptés aux grandes profondeurs (entre 1 000 et 1 500 mètres en moyenne), équipés de GPS et de sondeurs de plus en plus performants. Sa capture est interdite dans certaines zones protégées. Ce poisson à la croissance très lente, qui ne se reproduit que tardivement et dont la longévité (125 ans) est l'une des plus élevées des espèces connues, est en voie de disparition. Il fait partie des poissons de grand fond massivement exploités. L'empereur est inscrit à l'annexe V de la Convention OSPAR sur la « protection et la conservation des écosystèmes et de la diversité biologique de la zone maritime ».

Encornet ou calamar – *Loligo vulgaris*
Taille commune : 30 à 40 cm.
Mode de vie : grégaire en bancs de plusieurs individus de taille relativement proche, migrateur.
Milieu : pélagique, de la surface jusqu'à 250 m de fond.
Zones de vie : Atlantique Est, des îles Britanniques au Sénégal, Méditerranée.
Saison de pêche : de juillet à février.
Taille minimale de capture : pas de taille minimale communautaire.
Aucune réglementation communautaire particulière, ni de quota.
Le calmar constitue principalement une capture accessoire, même si certains chaluts sont équipés (lumières vives et lignes à crochets) pour sa prise exclusive. Exploité à tous les stades de son développement, il est souvent pêché avec l'encornet veiné (*Loligo forbesi*) dans les eaux territoriales côtières et les eaux hauturières communautaires.

Espadon – *Xiphias gladius*
Taille commune : 300 à 500 cm.
Mode de vie : grégaire, sédentaire.
Milieu : bentho-pélagique, le jour près de la côte et la nuit au large.
Zones de vie : Atlantique (sauf zone sud), Méditerranée, Pacifique Nord-Ouest, Sud et Centre-Ouest.
Saison de pêche : surtout de juillet à septembre, reproduction en été.
Taille minimale de capture : 125 cm de long ou 25 kg.
Répartition de pêche par pays : Espagne surtout.
TAC : 31 000 t. Quota de pêche : France 0.
L'espadon se pêche à la palangrière et au filet maillant dérivant. Il fait partie des espèces menacées (liste rouge de l'IUCN) et est inscrit à l'annexe III de la Convention de Barcelone (protocole relatif aux aires spécialement protégées et à la diversité biologique en Méditerranée).

Flétan noir – *Reinhardtius hippoglossoides*
Flétan blanc – *Hippoglossus hippoglossus*
Taille commune : flétan noir : jusqu'à 120 cm, flétan blanc : 250 cm.
Mode de vie : grégaire, sédentaire.
Milieu : benthique, occasionnellement pélagique, fonds de sable, de vase ou de graviers, de 200 à 2 000 mètres.
Zones de vie : flétan noir : Pacifique et Atlantique Nord-Ouest, Nord-Est, Nord du Groënland, Islande, Nord des îles Britanniques et Nord de la Norvège ; flétan blanc : Atlantique Est, de la mer de Barents au golfe de Gascogne.
Saison de pêche : toute l'année avec une pointe d'avril à octobre.
Taille minimale de capture : pas de taille minimale communautaire.
Répartition de pêche par pays : flétan noir : Allemagne (8 184 t), Espagne, Portugal.
TAC : flétan noir : 11 856 t. Quota de pêche : France 92 t.
Le flétan blanc se pêche surtout à la palangre. Il fait partie des espèces élevées en aquaculture en Norvège, et plus récemment au Canada. Sensible à la surexploitation, il est inscrit sur la liste rouge de l'IUCN comme en passe d'être menacé. Plus abondant sur l'Atlantique Est, le flétan noir est pêché au chalut de fond, au chalut pélagique, au filet maillant ou à la palangre.

Grenadier de roche – *Coryphaenoides rupestris*
Taille commune : 50 cm jusqu'à 120 cm.
Mode de vie : solitaire ou en petits groupes, migration verticale.
Milieu : bentho-pélagique, au voisinage du fond jusqu'à 500 m et entre 400 et 2 000 m de profondeur.
Zones de vie : Atlantique Nord, du cap Hatteras à la Terre de Baffin et au Groënland, au large de l'Islande et de la Norvège, Atlantique Centre et Sud dans une moindre mesure jusqu'à l'ouest de l'Afrique.
Saison de pêche : de mai à décembre, reproduction en été et en automne, en début de l'hiver dans l'Atlantique Nord-Est.
Taille minimale de capture : pas de taille communautaire, commercialisé à 60 cm.
Répartition de pêche par pays : surtout Espagne (4 465 t) et France.
TAC : 11 734 t. Quota de pêche : France 4 005 t.
Commercialisé principalement en filets, le grenadier de roche se pêche au chalut hauturier de fond ou au chalut pélagique. Ce poisson à la croissance très lente (maturité sexuelle tardive et donc reconstitution de stock lente) est mal adapté à une pêche industrielle. Il se fait de plus en plus rare ; en 26 ans, sa population a chuté de plus de 90 %.

Grondin rouge – *Aspitrigla cuculus*
Taille commune : 30 à 40 cm.

Mode de vie : grégaire en petits groupes, migrateur.
Milieu : benthique, sur les fonds de sable caillouteux entre 20 et 200 m de profondeur.
Zones de vie : Atlantique Est, du sud de la Norvège et du nord des îles Britanniques à la Mauritanie, plus rare en mer du Nord.
Saison de pêche : de juillet à avril.
Aucune réglementation communautaire particulière.
On trouve quatre espèces de grondin en France : le grondin perlon (Trigla lucerna) ou galinette, le grondin gris (Trigla gurnardus) ou rouget-grondin vrai, le grondin strié (Trigla lastoviza) encore appelé grondin imbriago. Le grondin rouge, le plus gros de la partie nord-est de l'océan, est le plus abondant. Il se pêche essentiellement au chalut hauturier et constitue une prise accessoire conséquente pour le chalutage côtier, les palangres de fond à bars et les filets à petites mailles.

Hareng – *Clupea harengus*
Taille commune : 24 cm.
Mode de vie : grégaire en bancs très importants, migration de reproduction.
Milieu : bentho-pélagique, des côtes à 300 m de profondeur.
Zones de vie : Atlantique Nord-Ouest et Nord-Est, Manche, mer du Nord, mer Blanche, mer Baltique, mer de Barents, nord du golfe de Gascogne.
Saison de pêche : toute l'année, avec une pointe en novembre et décembre.
Taille minimale de capture : 18 à 20 cm selon les zones.
Répartition de pêche par pays : principalement Suède, (112 552 t), Finlande, Danemark, Royaume-Uni.
TAC : 2 193 123 t. Quota de pêche : France 21 462 t.
« Hareng » est le nom commun donné aux poissons de la famille des clupéidés, largement répandue. Considéré comme l'espèce la plus abondante, il se reproduit au printemps ou à l'automne. Ses stocks sont en diminution depuis les années 80. Il se pêche au chalutier pélagique et à la senne coulissante.

Homard européen – *Homarus gammarus*
Taille commune : 30 cm.
Mode de vie : solitaire, sédentaire.
Milieu : benthique, fonds rocheux accidentés, épaves, enrochements.
Zones de vie : Atlantique Est, de la Norvège au Maroc et aux Açores, Méditerranée centrale et occidentale, mer Noire occidentale.
Saison de pêche : toute l'année, davantage au printemps et en été.
Taille minimale de capture : 87 mm pour la longueur de la carapace (mesurée de l'orbite oculaire à l'extrémité du céphalothorax).
Répartition de pêche par pays : zones de pêche côtière.
Quota de pêche : pas de TAC communautaire. Réglementations complémentaires, au niveau régional, le plus souvent par la mise en place de réserves très localisées.
Le homard se capture généralement à l'aide de casiers. Considérée comme le plus fin des crustacés, devant la langouste, l'espèce s'est raréfiée. Il est protégé par la Convention de Barcelone (annexe III) et la Convention de Berne (annexe III). Les méthodes d'élevage n'ont pas fait leurs preuves notamment pour des raisons de coût lié au temps nécessaire à son développement.

Huître – *Crassostrea gigas* et *Ostrea edulis*
Taille commune : 7 à 8 cm.
Mode de vie : grégaire en bancs, sédentaire.
Milieu : benthique, zone littorale jusqu'à 25 m de profondeur.
Zones de vie : de nombreux genres partout dans le monde.
Saison de récolte : toute l'année.
Aucune réglementation communautaire.
Naturellement présentes dans l'océan Pacifique, les huîtres japonaises (*Crassostrea gigas*) ont été importées en France entre 1966 et 1974 pour remplacer l'huître creuse portugaise disséminée par deux maladies virales. La France en est aujourd'hui le premier producteur européen. Les gisements naturels d'huître plate (*Ostrea edulis*), espèce indigène française, ont été épuisés par surexploitation. Leur élevage, essentiellement en Bretagne, fait de la France l'un des principaux pays producteurs d'huîtres plates, avec l'Espagne.

Lamproie marine – *Petromyzon marinus*
Taille commune : 80 à 120 cm.
Mode de vie : solitaire, migration en rivière à la fin de l'hiver.
Milieu : démersal.
Zones de vie : Atlantique, notamment Islande et Norvège, Méditerranée (sauf partie orientale), le long des côtes occidentales de l'Italie, estuaires des fleuves européens, jusqu'à 500 km en amont.
Saison de pêche : novembre à mai.
Taille minimale de capture : 40 cm, varie selon les zones.
Pas de TAC communautaire.
La lamproie appartient à un groupe de vertébrés très primitifs : les agnathes. En mer, les adultes se déplacent fixés par leur bouche ventouse sur un poisson (saumon, morue, hareng, lieu jaune...) dont ils se nourrissent (sang et fluide). La lamproie gagne les courants d'eau douce, généralement de fin avril à fin mai pour la reproduction, mais les aménagements des cours d'eau l'empêchent parfois d'accéder aux frayères et sa sensibilité à la pollution des sédiments figure parmi les principales causes de sa raréfaction. Elle est de ce fait en voie d'extinction. Appartenant aux « espèces animales d'intérêt communautaire dont la conservation nécessite la désignation de zones spéciales de conservation » (directive « habitat, faune flore », annexe II), elle bénéfice ainsi de mesures de protection, notamment pour les frayères. Sa pêche au filet tramail et à la nasse est réglementée en France.

Langouste – *Palinurus elephas*
Taille commune : jusqu'à 50 cm.
Mode de vie : grégaire, sédentaire avec des mouvements limités à quelques kilomètres.
Milieu : démersal, jusqu'à 200 à 400 m sur les fonds rocheux, selon les espèces.
Zones de vie : Atlantique Nord-Est, des côtes rocheuses irlandaises jusqu'aux côtes africaines, Méditerranée.
Saison de pêche : toute l'année.
Taille minimale de capture : en Méditerranée, 90 à 95 mm de longueur céphalo-thoracique.
Répartition de pêche par pays : production européenne, Royaume-Uni, Irlande, France, Portugal, Maroc, Espagne, Italie, Croatie, Grèce, Tunisie.
On trouve sur le marché français plusieurs espèces de langoustes, dont la Blanche de Cuba. Les langoustes rouge et rose sont des résidentes des côtes atlantique et méditerranéenne. Les stocks de ce crustacé trop apprécié s'effondrent. Il appartient à la liste des espèces menacées dont la pêche est réglementée (Convention de Barcelone, annexe III, Convention de Berne, annexe III). L'utilisation de méthodes de capture sélectives (casiers, filets maillants), la proscription des arts traînants (chaluts) et la délimitation de zones de protection pour les

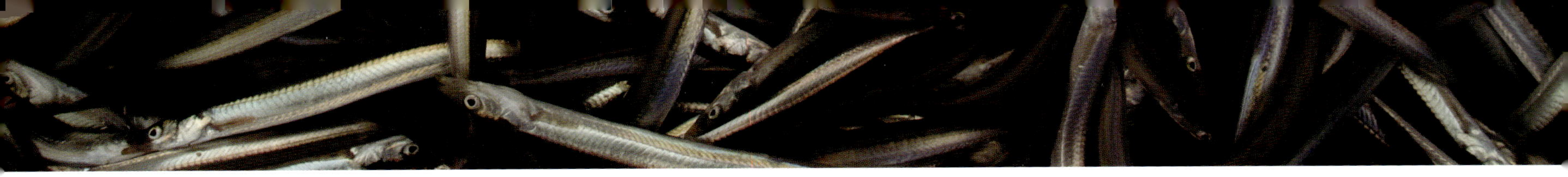

juvéniles sont les mesures mises en place. En Corse, l'interdiction de la pêcher six mois par an est financée par l'Union européenne et le filet trémail tend à être remplacé par les nasses qui étaient utilisées dans la première partie du XXe siècle.

Langoustine – *Nephrops norvegicus*
Taille commune : 13 cm, 10 cm pour la femelle.
Mode de vie : libre grégaire, sédentaire.
Milieu : benthique, sur des fonds vaseux et sablo-vaseux de 15 à 800 m de profondeur.
Zones de vie : Atlantique Nord-Est, de l'Islande jusqu'au sud du Portugal, mer du Nord, Méditerranée.
Saison de pêche : surtout au printemps et en été.
Taille minimale de capture : 9 cm (femelle) et 12 cm (mâle).
Répartition de pêche par pays : principalement Irlande, Royaume-Uni, France et Danemark.
TAC : 81 211 t. Quota de pêche : France 10 383 t.
La langoustine vit dans des terriers creusés dans la vase et n'en sort qu'à l'aube ou au crépuscule, période où elle est pêchée au chalut de fond. La protection des juvéniles est indispensable au maintien du stock en diminution.

Lieu jaune – *Pollachius pollachius*
Taille commune : 60 à 70 cm.
Mode de vie : grégaire en bancs restreints, sédentaire.
Milieu : près des rochers, le long du littoral, pélagique à l'âge adulte jusqu'à des profondeurs de plus de 100 m.
Zones de vie : Atlantique, Manche, mer du Nord, mer Baltique (zone ouest) et Méditerranée.
Saison de pêche : d'avril à fin septembre.
Taille minimale de capture : 30 cm.
Répartition de pêche par pays : principalement dans la Manche et en mer d'Irlande.
TAC : 17 980 t. Quota de pêche : France 12 595 t.
Moins pêché et moins consommé que le lieu noir, le lieu jaune est de meilleure qualité. Sa chair est proche de celle du cabillaud. On peut le pêcher au chalut de fond, à la ligne de traîne, à la palangre maillant. La France est le premier pays producteur, bien que les débarquements soient en diminution ces dernières années. Les tentatives d'élevage entreprises depuis une quinzaine d'années restent encore mal maîtrisées.

Lieu noir – *Pollachius virens*
Taille commune : 70 à 130 cm.
Mode de vie : grégaire en bancs, migration surtout pour la reproduction.
Milieu : démersal, en pleine eau ou près du fond, de la côte à 200 m de profondeur.
Zones de vie : Atlantique Nord-Est, du Groenland et du nord de la Norvège jusqu'au nord du golfe de Gascogne.
Saison de pêche : toute l'année, avec une pointe en juillet et août.
Taille minimale de capture : 30 à 35 cm selon les zones.
Répartition de pêche par pays : principalement France, Allemagne, Royaume-Uni.
TAC : 153 790 t. Quota de pêche : France 46 582 t.
Apparenté à la morue et à l'églefin, le lieu noir est principalement capturé au chalut pélagique ou de fond à panneaux, dans les eaux côtières, précôtières et hauturières. Une chute très importante des rendements a été constatée depuis 1992. La biomasse des reproducteurs demeurant à un niveau extrêmement bas, l'état du stock est considéré comme très inquiétant.

Limande commune – *Limanda limanda*
Taille commune : 30 à 50 cm
Mode de vie : grégaire surtout en période de reproduction, migrateur.
Milieu : démersal, fonds sableux de la côte jusqu'à 150 m de profondeur.
Zones de vie : Atlantique Nord, le long des côtes de la Norvège à l'Islande, jusqu'au golfe de Gascogne.
Saison de pêche : une pointe de début novembre à la mi-avril.
Taille minimale de capture : pas de taille minimale communautaire.
Répartition de pêche par pays : principalement Pays-Bas (11 654 t), Allemagne, Danemark, Royaume-Uni.
TAC : 18 810 t. Quota de pêche : France 200 t.
Proche des côtes en été, la limande s'en éloigne avec l'arrivée des premiers froids. Elle se pêche généralement au chalut de fond et fait partie des grands prédateurs (thon, espadon, cabillaud, flétan, raie) ciblés par la pêche industrielle depuis les années 1950, et en voie de raréfaction.

Lingue franche ou julienne – *Molva molva*
Taille commune : 150 à 180 cm.
Mode de vie : grégaire, migration de reproduction.
Milieu : bentho-pélagique, entre 50 et 1 200 m selon les espèces, sur des fonds vaseux et caillouteux, ou rocheux.
Zones de vie : Atlantique, du Groënland au Portugal, Méditerranée,
Saison de pêche : toute l'année, avec une pointe entre avril et septembre.
Taille minimale de capture : 63 cm, lingue bleue (*Molva dypterygia*) : 70 cm.
Répartition de pêche par pays : surtout Royaume-Uni (6 106 t), France.
TAC : 17 721 t, lingue bleue : 2 102 t. Quota de pêche : France 5 341 t, lingue bleue : 1 552 t.
En darnes ou en filets, les lingues (franche ou bleue) sont souvent présentées sous la dénomination de « julienne ». Pêchée à l'aide de chalutiers industriels et semi-industriels, palangriers de fond ou filets de fond, comme prise cible ou accessoire, leur productivité est en baisse et leur stock nécessite une protection en vue de leur reconstitution. La lingue bleue est plus vulnérable à la surexploitation en raison d'une croissance lente et d'un âge de première maturité élevé.

Lotte ou baudroie commune – *Lophius piscatorius*
Taille commune : 60 cm, jusqu'à 200 cm.
Mode de vie : grégaire, sédentaire.
Milieu : benthique, sur tous les substrats : vase, sable, graviers, roches.
Zones de vie : Atlantique Nord-Est, de la mer de Barents et de l'Islande au golfe de Guinée, Méditerranée, mer Noire.
Saison de pêche : de juin à septembre.
Taille minimale de capture : pas de taille communautaire, 30 cm en Méditerranée française.
Répartition de pêche par pays : majoritairement France, Espagne, Irlande, Royaume-Uni.
TAC : 54 455 t. Quota de pêche : France 25 729 t.
Pêchée au tramail, au filet maillant, au chalut de fond (le plus utilisé par les navires français) ou à perche, la baudroie est capturée avec les merlus, morues, soles, plies et langoustines (pêcherie mixte). Elle fait partie des espèces surexploitées selon le CIEM (Conseil international pour l'exploration de la mer).

Maquereau – *Scomber scombrus*
Taille commune : 35 cm.
Mode de vie : grégaire en bancs compacts, migration des mers froides en été aux eaux plus chaudes à l'automne.
Milieu : pélagique.
Zones de vie : Atlantique, du Nord-Est au Maroc, Atlantique Ouest, Méditerranée, mer Noire, mer Baltique.
Saison de pêche : toute l'année, avec une pointe au printemps et en été.
Taille minimale de capture : 20 à 30 cm selon les zones.
Répartition de pêche par pays : principalement Royaume-Uni, Irlande, Danemark.
TAC : 472 371 t. Quota de pêche : France 10 573 t.
Commercialisé frais ou en conserve, le maquereau se pêche au chalut, à la ligne traînante et à la senne tournante. Le stock de ce poisson gras, à l'origine abondant, a subi une baisse importante dans les années 80. Il s'est reconstitué pour réintégrer les limites biologiques de sécurité.

Merlan - *Merlangius merlangus*
Taille commune : 23 à 27 cm.
Mode de vie : grégaire en petits bancs, migration de reproduction.
Milieu : démersal, fonds meubles de la côte à 200 m de profondeur.
Zones de vie : Atlantique Nord-Est, du nord de la Norvège et de l'Islande au Portugal (rare).
Saison de pêche : de janvier à avril, reproduction entre février et juillet.
Taille minimale de capture : 23 à 27 cm selon les zones.
Répartition de pêche par pays : merlan : surtout France ; merlan bleu (*Micromesistius poutassou*) : surtout Espagne, Royaume-Uni, Danemark, Pays-Bas.
Quota de pêche : France, merlan : 16 614 t ; merlan bleu : 19 231 t.
TAC : merlan, 44 136 t ; merlan bleu, 1 266 282 t.
Le merlan est considéré comme une espèce modérément à hautement vulnérable. Il est exploité par les chaluts démersaux, de fond et les senneurs. Le merlan bleu, qui occupe à peu près le même habitat que le merlan commun entre 150 et 3 000 m, est surtout utilisé pour la fabrication de farine et d'huile. Selon le CIEM, il est exploité au-delà des limites biologiquement acceptables.

Mérou noir – *Epinephelus marginatus*
Taille commune : jusqu'à 140 cm.
Mode de vie : solitaire, sédentaire.
Milieu : benthique, de 10 à 200 m de profondeur sur des fonds rocheux (éboulis), parfois sableux à proximité des posidonies.
Zones de vie : Atlantique Centre-Est jusqu'à l'Afrique du Sud, Atlantique Ouest au large du Brésil et des Bermudes, Méditerranée.
Saison de pêche : toute l'année.
Taille minimale de capture : 45 cm en Méditerranée.
Pas de répartition ni quota de pêche :
Protégé au niveau international (convention de Barcelone annexe III et convention de Berne annexe III), inscrit sur la liste rouge de l'IUCN comme espèce vulnérable, le mérou brun a subi un déclin important de sa population entre 1990 et 2001 (dépassant les 95 % en Italie). Sa maturité sexuelle tardive, 5 ans pour les femelles, 12 ans pour les mâles, explique sa fragilité et les risques d'extinction majeurs qu'il encourt. En France, en Méditerranée, dont il est le poisson emblématique, le mérou brun fait l'objet de mesures de protection : l'interdiction de la pêche à l'hameçon et de la chasse sous-marine sur l'ensemble du littoral a été reconduite du 1er janvier 2008 au 31 décembre 2013. L'instauration de zones marines protégées vise à préserver son habitat. On trouve en Méditerranée d'autres espèces de mérous (dont le blanc, *Epinephelus æneus*).

Morue ou cabillaud – *Gadus morhua*
Taille commune : 50 à 90 cm
Mode de vie : grégaire, migration de reproduction.
Milieu : démersal, à proximité du fond.
Zones de vie : Atlantique Nord-Est, Groenland, nord de la Norvège et golfe de Gascogne (rare), mer Baltique et mer de Barents.
Saison de pêche : toute l'année.
Taille minimale de capture : 35 à 38 cm.
Répartition de pêche par pays : essentiellement dans les eaux norvégiennes.
TAC : 481 128 t. Quota de pêche : France 213 127 t.
Le nom morue est plus particulièrement utilisé pour désigner l'état salé du cabillaud. Le stock de ce poisson pêché au chalut pélagique s'effondre dans l'Atlantique Nord depuis les années 90. L'élevage qui se développe dans les pays nordiques tente de prendre le relais. La morue est protégée par la Convention OSPAR (annexe V) et figure sur la liste rouge de l'IUCN, comme espèce vulnérable.

Moule – *Mytilus galloprovincialis* et *Mytilus edulis*
Taille commune : *M. galloprovincialis* : 6 à 8 cm, *M. edulis* : 4, 5 cm.
Mode de vie : grégaire en bancs ou en agglomérats, sédentaire.
Milieu : benthique, fond rocheux dans les eaux peu profondes, jusqu'à 40 m environ.
Zones de vie : *M. galloprovincialis* : côtes méditerranéennes, espagnoles, portugaises et atlantiques. *M. edulis* : Atlantique Ouest, de l'océan Arctique à la Caroline du Nord, côtes européennes de l'Atlantique Est, Méditerranée (plus rare), Manche, mer du Nord et mer Baltique.
Saison de pêche : surtout de juillet à mars.
Répartition de pêche par pays : Espagne, Italie.
Aucune réglementation communautaire.
Les moules sont pêchées à la drague à coquille. La moule commune ou européenne (*M. edulis*) et la moule méditerranéenne (*M. galloprovincialis*) peuvent s'hybrider. La mytiliculture (élevage des moules sur le sol ou en pleine eau, sur cordes) occupe une part importante de la production. La France arrive au 4e rang européen, mais fournit à peine 60 % de sa consommation (importations des Pays-Bas, d'Irlande et d'Espagne). Une A.O.C. a été attribuée à la moule de Bouchot, ainsi qu'à la moule du Mont-Saint-Michel.

Mulet lippu – *Chelon labrosus*
Taille commune : 30 à 45 cm.
Mode de vie : grégaire en bancs, migration de reproduction entre eau douce et eau salée.
Milieu : benthique, à proximité des côtes, dans l'embouchure des fleuves et dans les ports.
Zones de vie : sud de la Norvège, autour des îles Britanniques et jusqu'aux côtes du Maroc, Mauritanie, Sénégal et côtes méditerranéennes.
Saison de pêche : principalement en janvier et février et d'octobre à décembre.
Taille minimale de capture : pas de taille minimale communautaire.
Répartition de pêche par pays : Atlantique et Méditerranée.
Aucune réglementation communautaire.
Cinq espèces sont présentes sur les côtes européennes, le mulet lippu

est le plus abondant. Dès le printemps, les mulets fréquentent les estuaires et remontent jusque dans les ports. Ils se pêchent au filet maillant ou à la senne. Longtemps considéré comme une espèce noble, aux qualités gustatives proches du bar, le mulet a subi une période de dépréciation. Il figure aujourd'hui parmi les espèces produites en aquaculture.

Oursin – *Paracentrotus lividus, Echinus esculentus...*
Taille commune : 5 à 10 cm.
Mode de vie : grégaire en petits groupes, sédentaire.
Milieu : benthique, dans zones rocheuses et prairies de Posidonie.
Zones de vie : Atlantique, du Portugal à la Norvège, depuis les Açores, les Canaries, les côtes du Maroc jusqu'au sud de l'Irlande, l'ouest de l'Écosse et les Hébrides, mer Adriatique, Méditerranée.
Saison de pêche : pour les professionnels, du 1er septembre au 30 avril, du 1er octobre au 30 avril pour les plaisanciers en Méditerranée (Bouches-du-Rhône : du 1er novembre au 31 mars).
Taille minimale de capture : 5 cm de diamètre sans les piquants.
Répartition de pêche par pays : en France, essentiellement en Méditerranée et au nord de la Bretagne jusqu'au cap Fréhel.
Quota de pêche : défini localement.
Les gourmets délaissent jus de citron et pain pour le déguster nature, à la petite cuillère. Sa saveur, cause de sa surexploitation (pêche à pied ou à la drague), mais aussi la pollution et l'abondance des aménagements côtiers constituent des facteurs aggravants qui menacent l'oursin de disparition. *Echinus esculentus* est sur la liste rouge de l'IUCN en tant qu'espèce vulnérable.

Ormeau – *Haliotis tuberculata*
Taille commune : jusqu'à 12 cm de long.
Mode de vie : faiblement grégaire (petits groupes), sédentaire.
Milieu : benthique, sur les roches, dans les anfractuosités stables et dépourvues de lumière, jusqu'à 20 m de profondeur.
Zones de vie : Atlantique Nord-Est et Centre-Est, au large du Sénégal, Manche, au sud du golfe de Gascogne et Méditerranée, Pacifique.
Le Finistère est le berceau naturel de l'ormeau européen.
Saison de pêche : de janvier à mars.
Taille minimale de capture : 9 cm.
Répartition de pêche par pays : zones localisées par pays.
Quota de pêche : réglementation par pays et par région.
Ce gastéropode marin broute les algues rouges. Il atteint sa taille minimale de capture autorisée en 7 ans. De plus en plus rare, sa pêche commerciale (à pied, parfois sous-marine) est très réglementée depuis une dizaine d'années. Par contre, l'halioculture (élevage des ormeaux) est en développement constant.

Palourde – *Ruditapes decussatus* et *Ruditapes philipinarum*
Taille commune : *R. philipinarum* : 7 cm, *R. decussatus* : 3,5 cm.
Mode de vie : grégaire, sédentaire.
Milieu : benthique, fonds vaseux et sableux.
Zones de vie : palourde indigène (*R. decussatus*) : de la Norvège au Sénégal (rare en mer du Nord) et des Açores à la mer rouge ; palourde japonaise (*R. philipinarum*) : au large du Pakistan, Java, des Kouriles et de l'Europe (introduction).
Saison de pêche : toute l'année.
Taille minimale de capture : 4 cm.
Aucune réglementation communautaire.
Les palourdes se pêchent à la drague, à pied ou en plongée, sur le bassin de Thau. Cette dernière technique de pêche est réservée aux seuls professionnels. La vénériculture (élevage des palourdes) concerne les deux espèces, mais tend à devenir marginale, notamment en raison de la concurrence des pêcheries sur les gisements naturels (Italie et golfe du Morbihan). Les populations sauvages de palourdes japonaises sont devenues très importantes, au point que l'espèce est considérée comme invasive et a supplanté la palourde indigène.

Plie commune ou carrelet – *Pleuronectes platessa*
Taille commune : 30 à 40 cm, jusqu'à 100 cm.
Mode de vie : grégaire, migration de reproduction.
Milieu : démersal, fond de sable, vase ou gravier, zone côtière (dont estuaires) jusqu'à 200 m de profondeur.
Zones de vie : Atlantique, de la Finlande au Maroc, plus rare en Méditerranée occidentale.
Saison de pêche : de juillet à décembre.
Taille minimale de capture : 25 à 27 cm selon les zones.
Répartition de pêche par pays : principalement Danemark (21 229 t), Pays-Bas.
TAC : 72 926 t. Quota de pêche : France 3 847 t.
La plie est le poisson plat le plus pêché en Europe. Elle est pêchée au carrelet, un engin de pêche constitué par une nappe de filet carrée montée sur une armature en fer ou en bois et manié à la main du bord ou du bateau, mais principalement par les chalutiers de fond et à perche, et les fileyeurs. Selon la FAO, le stock est à un niveau proche de la surexploitation.

Poulpe – *Octopus vulgaris*
Taille commune : 60 cm, jusqu'à 130 cm.
Mode de vie : solitaire, sédentaire avec migration occasionnelle en période de ponte.
Milieu : benthique, anfractuosités rocheuses, ou fonds sableux ou vaseux des côtes jusqu'à environ 150 m.
Zones de vie : dans les eaux tempérées et tropicales du monde entier. Atlantique jusqu'à la Guinée, Manche, mer du Nord, Méditerranée.
Saison de pêche : surtout de mai à août.
Poids minimal de capture : 750 g.
Aucune réglementation communautaire.
Le poulpe appartient aux espèces surexploitées. Il se pêche essentiellement au chalut de fond à panneaux, le plus souvent comme prise accessoire. La moitié des prises mondiales de poulpes s'effectue au large des côtes nord-ouest africaines (Gambie, Mauritanie).

Praire – *Venus verrucosa*
Taille commune : 4,5 à 6 cm.
Mode de vie : grégaire, sédentaire.
Milieu : benthique, dans les sables grossiers et les graviers, jusqu'à 100 m.
Zones de vie : Atlantique, de l'Écosse à l'Afrique du Sud.
Saison de pêche : en automne et en hiver.
Taille minimale de capture : en France, 4,3 cm et en Méditerranée, 2,5 cm.
Répartition de pêche par pays : zones localisées. En France, principalement Normandie et Bretagne.
Aucune réglementation communautaire. En France, la réglementation se fait sur la base d'une taille minimale et de dates de pêche fixées par arrêté préfectoral.
La praire se pêche à la drague. Sa couleur varie du brun, pour les individus vivant dans les fonds de galets, au blanc jaunâtre ou grisâtre, pour celles de sable. Son goût serait optimal en fin d'année.

Raie – *Raja spp.*
Taille commune : 48 à 105 cm.
Mode de vie : solitaire, sédentaire.
Milieu : benthique, fond sédimentaire de 10 à 100 m de profondeur.
Zones de vie : Atlantique Nord-Est, mer du Nord, mer d'Irlande, Manche, Méditerranée.
Saison de pêche : toute l'année.
Taille minimale de capture : pas de taille minimale communautaire.
Répartition de pêche par pays : Les principaux producteurs sont l'Espagne, le Portugal et le Royaume-Uni.
TAC : 15 143 t. Quota de pêche : France 43 t.
Plusieurs espèces commercialisées sous le nom de raies sont présentes dans les eaux européennes dont une douzaine sur les côtes françaises. Leurs effectifs sont en sérieuse diminution. Le pocheteau noir (*Raja oxyrinchus*) et pocheteau gris (*Raja batis*) ont pratiquement disparu, et la raie bouclée est menacée. Ces poissons plats sont essentiellement exploités par la palangre de fond et le filet maillant.

Rascasse (rascasse vraie) – *Scorpaena*
Sébaste (rascasse du Nord) – *Sebastes, Helicolenus* et *Sebastodes*
Taille commune : rascasse vraie : 35 cm ; sébaste : 20 à 60 cm.
Mode de vie : grégaire, sédentaire et migrations horizontales et verticales pour les sébastes.
Milieu : démersal, rascasse vraie : entre 10 et 30 m de profondeur ; sébaste : 100 à 600 m et plus.
Zones de vie : rascasse vraie : Méditerranée, Atlantique, côtes espagnole et française jusqu'en Bretagne, côte nord-africaine jusqu'au Cap Vert, aux Canaries et aux Açores ; sébaste : Atlantique Nord-Est, Açores septentrionales, des îles Féroé à l'Islande, côtes ouest de la Norvège, Groenland, Atlantique Nord-Ouest.
Saison de pêche : une pointe de juin à octobre pour le sébaste, toute l'année pour la rascasse.
Taille minimale de capture : pas de taille minimale communautaire.
Répartition de pêche par pays : sébastes : Portugal, Lituanie, Allemagne.
TAC sébastes : 29 500 t. Quota de pêche sébastes : France 183 t.
Aucune réglementation communautaire pour la rascasse.
Leur couleur varie du gris-brun au jaune-rouge, elles appartiennent toutes à la famille des scorpénidés. Plus nombreux que les rascasses vraies, les sébastes se pêchent au chalut pélagique lors de leur migration. Le grand sébaste, *S. marinus*, qui vit à 500 mètres de fond, est menacé. Mauvaise nageuse, la rascasse vraie est capturée au chalut de fond.

Requin, aiguillat commun – *Squalus acanthias*
Taille commune : 160 cm.
Mode de vie : grégaire en groupes nombreux, migrations saisonnières.
Milieu : démersal.
Zones de vie : Atlantique Est, de l'Islande au sud de l'Afrique, Atlantique Ouest, Pacifique Ouest, Méditerranée et mer Noire.
Saison de pêche : toute l'année avec une pointe en été.
Taille minimale de capture : pas de taille minimale communautaire (en Norvège : 70 cm).
Répartition par pays : Espagne, France, Portugal, Royaume-Uni.
TAC : 2 585 t.
L'aiguillat, aussi appelé chien de mer, se pêche à la palangre côtière et aux filets fixes au large. Il fait partie des espèces de requins les plus couramment commercialisées. Malgré des stocks très dégradés, seule la capture du requin pèlerin et du requin blanc est interdite dans les eaux communautaires. Les populations de l'Atlantique Nord ont chuté de plus de moitié au cours des quinze dernières années. Un âge de maturité tardif, une fécondité faible et une croissance lente expliquent leur fragilité face à l'exploitation industrielle. La France est le deuxième consommateur de requins en Europe, derrière l'Espagne. La Chine et le Japon arrivent en tête, avec une demande sensiblement orientée vers les ailerons. Pour satisfaire ce marché juteux qui a presque quadruplé en 20 ans, une nouvelle pratique, appelée *finning*, consiste à couper les ailerons et à rejeter le requin encore vivant dans la mer...

Rouget-barbet – *Mullus surmuletus* et *Mullus barbatus*
Taille commune : *M. barbatus* ou rouget de vase : 30 cm ; *M. surmuletus* ou rouget de roche : 40 cm.
Mode de vie : grégaire en petits groupes, sédentaire.
Milieu : benthique, *M. barbatus* : au-delà de 20 m de profondeur jusqu'à 200 m de profondeur ; *M. surmuletus* : sur les fonds meubles de type sable, gravier, herbiers de zostères ou de posidonies, de la surface jusqu'à plus de 100 m de profondeur.
Zones de vie : *M. barbatus* : Méditerranée (très commun), mer Noire et Atlantique Est, du Sénégal à la Scandinavie, Manche et mer du Nord (plus rare), Açores ; *M. surmuletus* : Atlantique, de l'ouest de la Norvège au sud du Maroc, aux îles Canaries, Méditerranée, mer Noire.
Saison de pêche : *M. barbatus* : de juin à septembre ; *M. surmuletus* : de janvier à juin.
Taille minimale de capture : 11 cm en Méditerranée.
Répartition de pêche par pays : *M. barbatus* : bassin méditerranéen, Royaume-Uni et Pays-Bas.
Aucune réglementation communautaire.
Le rouget de roche arbore des bandes marron et jaune sur sa première nageoire dorsale qui le distinguent du rouget de vase. Les deux espèces se pêchent au chalut de fond, au filet maillant fixe ou au chalut à perche. La production mondiale du rouget de vase décroît à l'inverse du rouget de roche, qui est aussi le seul à faire l'objet d'essais d'aquaculture, sans résultat probant à ce jour.

Petite roussette – *Scyliorhinus canicula*
Grande roussette ou saumonette (pelé) – *Scyliorhinus stellaris*
Taille commune : petite : 70 cm ; grande : 125 cm.
Mode de vie : grégaire, migrateur.
Milieu : petite roussette : démersal, fonds meubles de sable, de gravier ou de vase, à une profondeur de 10 à 400 mètres, grande roussette : benthique, fond dur et rocheux, de la surface jusqu'à 100 m.
Zones de vie : petite roussette : de la Norvège aux côtes sénégalaises, en passant par les îles Britanniques, Méditerranée ; grande roussette : Méditerranée, Atlantique Nord-Est, du nord de l'Écosse jusqu'aux côtes du Maroc, Manche, mer du Nord jusqu'au sud de la Scandinavie.
Saison de pêche : surtout de juin à septembre.
Taille minimale de capture : 500 g en France.
Pas de réglementation communautaire.
La roussette fait partie des poissons cartilagineux, comme les requins, qui sont menacés d'extinction, en raison des activités humaines et de la surpêche (directe ou accidentelle, pollution, destruction de son habitat, y compris par les chaluts de fond), associées à une croissance lente, une maturation tardive et une fécondité faible. Elle se pêche aux chaluts de fond et pélagiques, filets calés de fond et palangre.

tant le renouvellement du stock est de 15 000 tonnes. Le thon rouge est considéré comme en voie de disparition par de nombreux scientifiques et selon la FAO, les stocks sont épuisés. Le thon est protégé (Convention de Barcelone annexe III, Convention OSPAR annexe V). Le thon germon (*Thunnus alalunga*), pêché dans le Pacifique et l'Atlantique, et le thon albacore (*Thunnus albacares*), présent dans le Pacifique, l'océan Indien et l'Atlantique, sont principalement destinés aux conserveries et ne font pas l'objet de réglementation européenne.

vive (*Trachinus vipera*) fréquente les mêmes zones, excepté les côtes de Norvège et le sud-est de la mer du Nord. Les vives se pêchent au chalut et à la senne avec d'autres espèces, telles que barbue, sole, plie, raie...

Sabre noir – *Aphanopus carbo*
Sabre argenté – *Lepidopus caudatus*

faible production est une des raisons, avec la saveur de sa chair, qui explique son prix élevé.

GLOSSAIRE

Appareiller : manœuvres effectuées pour quitter un mouillage ou un port.

Appât : toute substance dont l'apparence ou l'odeur sert à attirer poissons ou crustacés.

Armateur : personne, société ou groupe de sociétés, qui arme et exploite un navire en son nom.

Armement : moyens financiers, techniques et humains nécessaires à l'exploitation d'un navire, notamment vivres, combustibles, capitaine, équipage.

Arts dormants : techniques de pêche utilisant des engins de pêche immobiles comme les casiers, les palangres...

Arts traînants : techniques de pêche utilisant des engins de pêche mobiles, tractés, comme le chalut, la drague...

Avançon : partie terminale d'une ligne de pêche constituée d'un fil plus fin qui porte un ou plusieurs hameçons.

Base : port d'exploitation d'où part le navire et où il retourne. Les équipements nécessaires à l'embarquement et au débarquement des produits de la pêche y sont disponibles.

Base avancée : port situé dans la zone de pêche, qui permet au navire de débarquer sa production sans rentrer à sa base. La pêche est ensuite acheminée vers les points de vente.

Benthique : relatif au fond des mers et des océans.

Bentho-pélagique : qualifie une espèce qui vit et se nourrit près du fond aussi bien qu'en pleine eau.

Boëtte : appât du pêcheur en mer.

Bolinche : nom donné en Atlantique à une senne coulissante de taille moyenne.

Bosco : argot marin désignant le maître d'équipage.

Carré : espace de vie du bateau disposant de banquettes et d'une table où l'équipage se réunit pour manger ou se détendre.

Casiers : de formes variées, ils sont constitués d'un réseau de mailles en fibres naturelles ou synthétiques ou de fils métalliques, tendues sur une armature. Ils sont munis d'entrées coniques par lesquelles le crustacé pénètre.

Chaloupe : grand canot à bord des bateaux. La chaloupe de pêche est un petit bâtiment non ponté utilisé en mer.

Chalut : filet traîné par un chalutier, en forme d'entonnoir dont la plus petite base est fermée par un sac, tandis que la plus grande est maintenue ouverte par une barre ou des panneaux placés aux extrémités latérales. Les chaluts de fond sont utilisés pour capturer les espèces vivant sur le fond ou à proximité. Les chaluts pélagiques sont adaptés pour la pêche en pleine eau. 70 % des navires en France utilisent le chalut.

Chalut à panneaux : de chaque côté du chalut, de larges plaques de bois ou de métal permettent de le maintenir ouvert et d'en régler la profondeur. Les chaluts à panneaux sont susceptibles de pénétrer dans les sédiments meubles du fond marin sur une profondeur de 6 à 20 cm. Le dos du chalut est soulevé par des flotteurs, le bas est lesté par une chaîne.

Chalut à perche : chalut fixé sur une perche munie de patins à ses extrémités qui permet au chalut de couler puis de glisser sur le fond. La perche permet en outre de maximiser l'ouverture horizontale du filet pour la pêche des poissons plats.

Chalutage/chaluter : action de pêcher au chalut, méthode de pêche au moyen d'un chalut.

Chasse-marée : au Moyen Âge, le chasse-marée était un véhicule tiré par quatre à six chevaux, utilisé pour transporter le poisson frais vers les lieux de consommation. Il désignait par extension la profession, ancêtre des mareyeurs. Le mot désigne aussi un bateau gréé de trois mâts à voile au tiers, utilisé pour la pêche à la sardine.

CNPMEM : Comité national des pêches maritimes et des élevages marins. Il représente la profession auprès de nombreux interlocuteurs : administration française, Parlement européen, organisations de producteurs, prud'homies, organisations professionnelles des autres états membres et organisations non gouvernementales.

Coquillard : navire armé pour capturer la coquille Saint-Jacques ou d'autres coquillages à l'aide d'une drague.

Coureauleur : bateau et pêcheur navigant dans les coureaux, ces bras de mer situés entre une grande île et le continent, balayés par de forts courants.

Criée : bâtiments et installations portuaires permettant la première vente des captures des navires de pêche. Le prix est fixé aux enchères, autrefois oralement.

sentant un risque pour le chalutage. Par extension, accrochage du chalut sur le fond provoquant parfois un naufrage.

Démailler : ôter les poissons du filet.

Démersal : relatif aux eaux côtières ou proches du fond marin.

Doris : embarcation en bois à fond plat, d'environ 5 mètres, qui était utilisée à partir d'un navire mère, en particulier pour la pêche à la morue dans la région de Terre-Neuve. En version motorisée et en polyester, il est surtout utilisé aujourd'hui pour la pêche côtière.

Drague : engin (généralement cadre métallique et filet) traîné sur le fond pour capturer les coquillages. Remorqué sur le fond au moyen d'une armature, il comporte une ouverture de forme et de largeur variables, dont la partie inférieure est munie d'une lame formant racloir.

Dundée : bateau de pêche à deux mâts utilisé en Manche et en mer du Nord aux XIXe et XXe siècles.

Effort de pêche : ensemble des moyens de capture mis en œuvre par un navire pendant une période donnée et dans une zone déterminée.

ENIM : Établissement national des invalides de la marine (régime de sécurité sociale des marins).

Escher : action d'attacher un appât à l'hameçon.

FAO : *Food and Agriculture Organization of the United Nations* (Organisation des Nations Unies pour l'alimentation et l'agriculture). Son rôle concerne essentiellement les efforts internationaux de lutte contre la faim. À ce titre, elle partage des expertises et négocie des accords en vue d'améliorer les pratiques agricoles, forestières et halieutiques. En 2007, les cent dix-neuf pays du Comité des pêches de la FAO ont ratifié à Rome une proposition d'élaboration d'un instrument juridique pour combattre la pêche illicite, non déclarée et non réglementée.

Filage/filer : action de mettre à l'eau un engin de pêche.

Filet : outil de pêche constitué d'un réseau de mailles conçues en fils de différents matériaux (naturels ou synthétiques) et adapté aux espèces recherchées par sa forme, sa taille, le diamètre de ses mailles…

Filet maillant : grand filet rectangulaire d'une seule nappe, mouillé verticalement, parfois de plusieurs kilomètres, dont les mailles sont calibrées en fonction de la grosseur des poissons à capturer.

calé) a un lestage supérieur à sa flottabilité et repose donc sur le fond. Employé essentiellement dans les eaux côtières, il est monté sur des perches ou des pieux plantés au fond. Il piège le poisson en le retenant dans la maille au niveau des ouïes. L'Europe a interdit le filet maillant dérivant depuis 2002 car celui-ci serait trop peu sélectif.

Fileyeur : navire de pêche utilisant les filets de différents types sur le fond ou à la dérive. Par extension, marin-pêcheur effectuant cette profession.

Fune : câble d'acier servant à remorquer un engin de pêche, notamment le chalut (un ou deux câbles), et à le positionner.

Goélette : voilier à deux mâts dont le grand mât est à l'arrière, autrefois utilisé pour la pêche à la morue.

Grande pêche : activité de pêche pratiquée par un navire de plus de 1 000 TJ.B (Tonneau Jauge Brute) ou un navire de plus de 150 TJ.B, s'il s'absente plus de 20 jours du port d'exploitation ou de ravitaillement.

Grégaire : qualifie les poissons qui vivent en groupe ou en banc.

Halieutique : qui a trait à la pêche, au pêcheur, à l'exploitation des ressources vivantes aquatiques.

Hameçon : petite pièce en acier en forme de crochet, simple ou multiple, destiné à se planter dans la gueule du poisson. Il est placé au bout des lignes et reçoit l'appât. Il en existe de nombreuses sortes, en fonction du type de pêche et des espèces recherchées.

Ifremer : Institut français de recherche pour l'exploitation de la mer. Il remplit différentes missions dans le domaine des ressources des océans et de leur exploitation et participe aux travaux de l'Union européenne (recherche et pêche). Membre d'organisations internationales, il contribue aux programmes internationaux de recherche et anime des accords bipartenariaux. L'Ifremer compte cinq centres en France (Manche/mer du Nord, Brest, Nantes, Méditerranée, Pacifique).

IUCN : *International union for conservation of nature*. Principale organisation non gouvernementale mondiale œuvrant pour la préservation de la biodiversité et l'utilisation durable des ressources naturelles. Fondée le 5 octobre 1948, elle réunit 110 agences gouvernementales, 800 ONG de plus de 180 pays, 10 000 scientifiques et experts, répartis en 6 Commissions, évaluent l'état mondial des ressources naturelles et fournissent des conseils sur la sauvegarde des espèces.

Jauge : volume intérieur du navire, exprimé en tonneaux équivalents à 2,83 m^3 ou 100 pieds cubes anglais. Jauge brute : volume de tous les espaces fermés du navire, sans aucune exception.

Leurre : appât artificiel armé d'un hameçon ressemblant à une proie recherchée par le poisson ciblé, par sa forme, sa couleur, ses vibrations sonores ou visuelles, son mouvement...

Ligne traînante (ou de traîne) : ligne tractée par un navire.

Ligneur de bar : marin qui pêche le bar à la ligne, souvent à bord de petites unités. Le bar de ligne, est un produit haut de gamme reconnaissable à la petite étiquette qu'il porte à l'ouïe.

Lougre : bateau à trois mats, grand-voile et tape-cul (à l'arrière) au tiers, utilisé sur les côtes de la Manche et en Atlantique jusqu'à la Loire. Au XIXe siècle, grosse unité de pêche côtière.

Maillage/maille : dimension des mailles du filet fixé par la réglementation. Le maillage se mesure à l'aide d'une jauge (instrument plat de 2 millimètres d'épaisseur) dans la diagonale, sur une série de vingt mailles sur filet mouillé. La maille équivaut à la taille minimale de capture.

Malamok : type particulier de bateau polyvalent très répandu en Pays Bigouden, dérivé des premiers chalutiers en bois (1930). Son nom désignait à l'origine un oiseau.

Marée : mouvement périodique des eaux de la mer dû à l'attraction du soleil et de la lune. Période d'absence d'un navire de pêche du port d'exploitation. Ensemble des produits de la mer destinés à la consommation humaine.

Mareyeur : commerçant qui assure le premier achat des produits de la pêche maritime. Il les achète à la criée ou à l'étranger, les transforme et les conditionne pour la vente.

Nasse : piège en forme de cage ou de panier, en matériaux divers, vanneries ou filet structuré par des arceaux, destiné à la capture des crustacés, ou des poissons de fond. Il comporte une ou plusieurs ouvertures et se pose isolément ou en filières.

Navire bœuf/navire veau : la technique de deux chalutiers travaillant en paire, écartés l'un de l'autre afin d'ouvrir le filet horizontalement, est appelée chalutage en bœufs. Le navire bœuf est le navire maître et le veau, le navire servant, chargé de ramener le filet à bord du navire maître. Cette technique est utilisée pour capturer les poissons pélagiques.

Ofimer : Office national interprofessionnel des produits de la mer et de l'aquaculture. Établissement public à caractère industriel et commercial, il est chargé de mettre en œuvre des programmes d'intervention et d'orientation du marché dans le cadre des politiques publiques définies au plan communautaire et national.

OSPAR (convention) : Convention pour la protection du milieu marin de l'Atlantique Nord-Est, dite Convention OSPAR. Elle a été signée lors de la réunion ministérielle des Commissions d'Oslo et de Paris, le 22 septembre 1992. Ses travaux ont pour objet de prévenir et d'éliminer la pollution ainsi que de protéger le milieu marin de l'Atlantique Nord-Est contre les effets négatifs des activités humaines.

Palangre : ligne de forte section dont toute la longueur est munie de lignes secondaires armées d'hameçons et qu'on laisse dériver.

Palangre de fond : la ligne principale de la palangre est fixée au moyen d'ancrages et de plombs, placés sur toute sa longueur de sorte que les hameçons sont au contact du fond. Elle cible les poissons benthiques.

Palangrier : bateau armé pour la pêche à la palangre.

Pavillon : étoffe hissée sur le navire pour indiquer sa nationalité.

Pavois : partie de la coque d'un navire située au-dessus du pont formant garde-corps.

Pêche artisanale : elle peut être caractérisée par des critères techniques (longueur du navire inférieure à 25 mètres), la forme juridique des armements (entreprise unipersonnelle avec le propriétaire embarqué). Elle peut aussi être définie comme une pêche traditionnelle utilisant un capital relativement faible par différenciation avec la pêche semi-industrielle pratiquée par des sociétés commerciales.

Pêche au large : se dit d'une pêche nécessitant une absence supérieure à 96 heures, lorsque cette navigation ne répond pas à la définition de la grande pêche.

Pêche côtière : se dit d'une pêche effectuant une absence du port comprise entre 24 et 96 heures.

Pêche hauturière : pêche qui se pratique en haute mer (hors de vue des côtes), dans les eaux situées au-delà de la limite de 200 milles de leur pays.

Pêche industrielle : pratiquée par de gros navires-usines performants contrôlés généralement par des entreprises multinationales. Ceux-ci sont dotés d'engins de pêche sophistiqués, appareils de transformation, installations frigorifiques et unités d'emballage. Les poissons sont stockés congelés dans la cale du navire.

Pélagique : relatif à la haute mer.

Perche : barre en bois ou tube en métal assurant l'ouverture horizontale du chalut à perche.

Pointus : type d'embarcation de pêche traditionnelle en Méditerranée (Marseille, Toulon...) dont la poupe (arrière) est pointue.

Poisson blanc : nom donné au poisson de mer benthique, vivant dans les fonds.

Poisson bleu : nom donné au poisson pélagique de haute mer.

Pont : plateforme et ensemble des bordages fixés sur un ou plusieurs étages du navire.

Prise accessoire ou capture accessoire : espèce capturée à l'occasion d'une pêche dirigée sur une autre espèce.

Quota de pêche : tonnage maximum (plus rarement nombre d'individus) de capture autorisé d'une espèce, dans un secteur marin défini. Il est déterminé dans le cadre de la politique des pêches de l'Union européenne pour pérenniser les stocks. Il s'agit d'une part du TAC, réparti en quotas nationaux entre les états membres lors du conseil européen des ministres des pêches (généralement en décembre).

Ralingue : cordage monté sur un engin de pêche, servant de support ou de renfort.

Ramender : réparer manuellement les déchirures subies par les filets au cours des opérations de pêche.

Rémunération à la part : ce mode de rémunération constitue un des éléments traditionnels de la pêche artisanale. La vente des produits de la mer, une fois les dépenses et les charges liées à l'exploitation déduites, représente la part de l'équipage qui est répartie entre ses membres.

Répartition de pêche : répartition des quotas de capture par pays sur la zone européenne.

Salabarde/salabardage : épuisette géante (jusqu'à 8 tonnes) mécanisée, servant à remonter le poisson. Un système de cordage permet d'ouvrir ou fermer le fond. Action qui consiste à relever la salabarde.

Saurissage : salage et fumage du poisson.

Second : marin qui peut être chargé du commandement, en remplacement du patron ou capitaine.

Senne : filet encerclant composé de deux parties de forme allongée appelées bras. Ceux-ci sont manœuvrés par deux filins fixés aux extrémités et servent au halage et au rabattage des poissons. La senne est utilisée pour capturer les poissons à la surface en pleine eau.

Senne tournante (ou coulissante) : de grande taille (environ 2 000 mètres de long et 250 mètres de haut pour la pêche au thon rouge en Méditerranée), elle est lestée dans sa partie basse et équipée de flotteurs en partie haute. Déployée autour du banc de poisson, elle est fermée grâce à un câble coulissant. Elle sert à capturer les espèces pélagiques vivant en grandes concentrations.

TAC : total autorisé de capture. Il s'agit de la quantité en poids de capture à ne pas dépasser afin d'assurer la pérennité de l'exploitation du stock. Le TAC s'appuie sur le diagnostic des ressources émis par les scientifiques réunis dans le Conseil international pour l'exploration de la mer (CIEM).

Thonaille : filet de 7 à 8 mètres de hauteur et de 3,7 km à 9,26 km de longueur, spécifique à la pêche aux thonidés. Par extension, ce type de pêche qui se pratique principalement l'été, en Méditerranée, entre 20 kilomètres et 100 kilomètres des côtes. Son emploi est interdit par la CEE depuis 2002 car elle se rattache à la catégorie des filets maillants dérivants.

Traîne : parcours du chalut sur le fond. Par extension, pêche consistant à tracter une ou plusieurs lignes avec leurres, à l'arrière du bateau.

Trait (de chalut) : opération de pêche effectuée par un chalutier et comportant trois phases, le filage, la traîne et le virage.

Tramail (ou trémail) : filet de grande taille qui comprend deux toiles à grandes mailles et une toile à petites mailles de dimensions supérieures aux deux autres, entre lesquelles elle flotte. Le poisson s'y prend comme dans une bourse. Muni de flotteurs en surface et de plombs au fond, le tramail se maintient dans une position verticale.

Virage/virer : opération inverse du filage qui consiste à remonter l'engin de pêche à bord du navire. Dernière phase d'une opération de pêche durant laquelle on enroule les câbles de remorque et on embarque le filet ou le chalut.

ZEE : zone économique exclusive. Sa définition a été adoptée en 1982 lors de la Convention des Nations Unies sur le droit de la mer (dite de Montego Bay). C'est la zone située au-delà de la mer territoriale et adjacente à celle-ci. L'état côtier y a des droits souverains aux fins d'exploration et d'exploitation, de conservation et de gestion des ressources naturelles.

Remerciements

Ce projet n'aurait pu voir le jour sans le soutien de nos partenaires et des marins-pêcheurs qui m'ont accueilli à bord de leur bateau. Dans l'ordre chronologique des marées, un grand merci à :
Pierre d'Acunto, Jean-Jacques Gourlaouen, Laurent Amsellem, Pierre Ramet, Jean-Pierre Dugauquier, René Clapisson, Jean Lagarde, Gilles Kerdoncuff, Xavier Léauté, André Le Gall et Michel Millour.
Ne sont cités ici que les patrons, mais mon estime va également à l'ensemble des équipages.

Je remercie vivement notre premier partenaire à croire en notre aventure, le CNPMEM et Hubert Carré.
Je remercie également le Crédit Maritime et Patrick Dumeige ; France Loisirs avec Karsten Diettrich, Danièle de Yparraguirre et Sylviane Amey ; Itech'mer avec Stéphanie Roos, Éric Avry, Joël L'Hermenier et Yves Batrel ; Guy Cotten avec Nadine Bertholom et Marie Jacq ; Photogravure du Pays d'Oc et Philippe Faure.

Je n'oublie pas tous ceux qui, à un moment donné, ont participé à l'élaboration de cet ouvrage, Philippe Bothorel, directeur du Lycée maritime du Guilvinec, Gildas Le Corre, responsable du département halieutique méditerranéen et tropical et chef du laboratoire des ressources halieutiques de Sète, Maëla Bourdet et Philippe Bourhis de la Scapêche, Thomas, Laurent de la Coopérative d'armement des pêcheurs artisans de Douarnenez (Capad), les membres des comités locaux et régionaux des pêches qui m'ont présenté aux marins-pêcheurs et aidé à connaître leur port, Thierry Leprêtre, président du CRPMEM Nord – Pas-de-Calais/Picardie, Christine Mascret-Vallois du CLPMEM de Boulogne-sur-Mer, Mme Le Gall du CLPMEM de Douarnenez, Henri Gronzio et Magali Blanc du CRPMEM du Languedoc-Roussillon, ceux qui accueillent notre exposition, Michel Le Bolloc'h et Isabelle Raynaud-Delfini de l'ÉNIM, Jean-Ronan Lepen du journal *Les Échos*, Jean-Marie Bechu du musée de la pêche de Concarneau, Cépralmar, Alain Paugam, le Conseil régional du Languedoc-Roussillon et Jean-Baptiste Giordano-Orisini pour l'exposition à la gare maritime de Sète, Alexandra Bachelier de France Loisirs...

LE CLUSTER MARITIME FRANÇAIS

Cluster Maritime Français

Le Faire-Savoir Maritime
The Maritime Voice

Promouvoir l'économie maritime

Né de la volonté d'acteurs privés sous l'égide de l'Institut Français de la Mer, le Cluster Maritime Français (CMF) a été officiellement créé début 2006. Le CMF est l'outil de promotion du secteur marchand de la France maritime.

Communiquer et faire du lobbying

Les adhérents, au nombre de 160, représentent l'ensemble des composantes de la France maritime : armateurs, constructeurs, équipementiers, ports, plaisance, pêche, Marine nationale, services, etc. Le CMF mène des actions de communication et de lobbying. À ce titre, il intervient sur des dossiers spécifiques, soit auprès d'autorités politiques, soit auprès de centres de décision. Enfin, la définition même de « cluster » induit que les différents membres et acteurs du milieu maritime se coordonnent pour mener des actions convergentes qu'ils n'auraient pas menées seuls. C'est le but des groupes « synergies » organisés par le CMF et auxquels participent ses membres sur des sujets tels que : énergies marines renouvelables, financement des actions de sûreté, déconstruction, image du maritime, coopération Marine nationale – marine marchande.

www.cluster-maritime.fr

Romain Pages Éditions est membre du Cluster Maritime Français.
www.marin-pecheur.com

Directrice éditoriale / Marie-Alexandre Perraud
Suivi éditorial / Muriel Villebrun
Direction commerciale / Estelle Guérin

Photogravure / Pays d'Oc (Montpellier, France)
Impression / Delo Tiskarna (Slovénie)

Dépôt légal / octobre 2008
N° ISBN / 978-2-84350-279-8

Romain Pages Éditions
Zone de l'Arnède
BP 82 030
30 252 Sommières Cedex
France

Romain Pages Publishing
Lincoln house
300 High Holborn
London WCIV 7JH
United Kingdom

e.mail : contact@romain-pages.com
site web : www.romain-pages.com